「わかる」から「できる」へ！

會！日本語

CD付

中階 1

大新書局　印行

日語會話能力班中級 5　2024-3-25-5-27（月）午後 6 時半～9 時半

1 講師介紹：坂井郁子（さかい　いくこ）

2 課程介紹：教材「會!日本語中階 1」大新書局　第 9, 10 課

参考文献「ことば表現ワークブック」凡人社

第 1 回	3／25	第 9 課　言葉を楽しむ　1 見つけた！
第 2 回	4／1	第 9 課　言葉を楽しむ　2 耳でキャッチ
第 3 回	4／8	第 9 課　言葉を楽しむ　3 こんなときどうする？
第 4 回	4／15	第 9 課　言葉を楽しむ　4 伝えてみよう
第 5 回	4／22	第 9 課　世代を超えた交流　5 耳でキャッチ　知っ 楽しむ
第 6 回	4／29	第 10 課　日本を旅する　1 見つけた！
第 7 回	5／6	第 10 課　日本を旅する　2 耳でキャッチ
第 8 回	5／13	第 10 課　日本を旅する　3 こんなときどうする？
第 9 回	5／20	第 10 課　日本を旅する　4 耳でキャッチ
第 10 回	5／27	第 10 課　日本を旅する　5 伝えてみよう　知って しむ

っていくからです。「初級」「初中級」では、各課にスモールトピックがあり（初級＝3つ、初中級＝2つ）、「こんなとき、なんて言う？」という形でチャレンジが始まりました。しかし、「中級」では、「こんなときどうする？」「見つけた！」「耳でキャッチ」「伝えてみよう」という 4 種類のタスクで、チャレンジが進められるよう構成されています。これまでのレベルとは異なり、自ら考え、語り、伝え合う力が高まっていることから、「タスク（課題）先行型」という特徴を強く全面に押し出したものとなっています。

2

本シリーズでは、さまざまな「話題」「タスク」が課を超え、レベルを超え、何度も繰り返し出てきます。いわゆるスパイラル（螺旋形）展開をすることで、学習者は徐々に日本語によるコミュニケーション力を高めていくことができるのです。

　また、本シリーズでは初級の段階から「段落構成力」をつけることを目指し、「固まりで話す」ことを意識してやってきましたが、中級ではさらにそこに注目して学習を進めることができるよう考えられています。こうして本書を使いながら、教師、日本語支援者、アルバイト先の人々……さまざまな人々と対話を愉しみながら、学習者は日本語による「対話力」の向上を図っていくことができます。

　第1冊目の「初級」が世に出てから2年が過ぎました。10年近い年月、現場で作り、使用し、また作り直すということを積み重ねて生まれたのが「できる日本語」シリーズです。まさに「現場で生まれ、現場で育てられた、学習者と現場教師のための教科書」と言えます。その長く大変な作業を支えてきたのは「学習者により良い教材を使ってもらいたい」「自分自身も納得がいく授業をしたい」という現場教師の思い、教科書の使用者である学習者の温かいまなざしでした。さらに、日本語教師と、アルクと凡人社という2つの出版社スタッフが一緒になって「これまでにない新しい教科書づくり」を模索した結果であることを付け加えておきます。異なる分野の人々が大勢かかわり、さまざまな対話を繰り広げる中で、多様な視点・モノの見方を入れ込むことができました。

　新しい教科書を使うには大きな勇気がいりますが、新たなチャレンジは「大いなる飛躍」を生み出します。新しい考え方で作られた「できる日本語」シリーズを使って教えることで、日本語教育がますます楽しくなること間違いなしです！　ぜひ手に取って、実践の場で使ってみてください。

　　　　教科書が変わると、教師が変わる
　　　　教師が変わると、学習者が変わる

2013年3月
著者一同

◎致本書的學習者◎

《會！日本語》系列教科書的目的，在於習得「表達自己／自身想法的能力」、「相互傳達、對話的日語能力」。在日語溝通能力當中偏重「對話力」，培養與他人建立關係的能力。

在溝通上，重要的是使用自己擁有的語言知識，能夠以什麼方式做出什麼事情。由於重視這個「能夠以什麼方式做出什麼事情」，因此《會！日本語》系列基於熟練程度（Proficiency）的評估方式，設定了每一課的行動目標。而設定行動目標時參考資料之一，正是「OPI（Oral Proficiency Interview）」指標。

同時，獲得有體系的語言知識也是考量之一。本系列的「初階」表示為日本語能力試驗的N5至N4前半，接著「進階」是N4後半至N3前半，「中階」則是以習得N3後半至N2的日語能力為目標。由於「高階」依學習目的不同，學習者所接觸的場面與必要的語彙大相逕庭，應採用多方位教材，因此不包含在內。

學習時間等相關事項整理如下。

等級	OPI等級（大致範圍）	學習期間	學習時間
會！日本語 中階	中級－上～高級－下	6個月	350小時
會！日本語 進階	中級－中	3.5個月	200小時
會！日本語 初階	初級－上～中級－下	2.5個月	150小時

注＊ 學習期間會因學習者的目的與課程目標而有所不同。

使用「會！日本語」系列書籍的課程，為了達到各課的學習目標，首先要求學習者自己思考，學習者與教師一邊分享「學習場合」一邊深入學習。然而在「中級」會與以往的討論方式有些許差異。由於到了這個程度，學習者已經掌握相當的日語能力，挑戰也會變得多樣且豐富。在「初級」及「進階」時，各課都有小主題（初級有3個，進階有2個），並以「這個時候要怎麼說」的形式開始挑戰。但是在「中級」則會以「這種時候該怎麼辦」、「找到了！」、「用耳朵捕捉」、「傳達看看」4種任務的組成來進行挑戰。由於與目前為止的階段差異、大量提升自我思考、口說及溝通交流能力，因此會強勢且全面地出現「任務（課題）導向」的特徵。

本系列將不斷以各種「話題」「任務」超越課程、超越等級。也就是說將展開螺旋式學習，學習者可以逐漸提升日語溝通能力。

此外，本系列從「初級」開始，就以習得「段落構成力」為目標，並意識以「完整敘述」方式表達，在中級會更加關注，並思考讓學習能更進一步。如此一來，一邊使用本書，一邊愉快地與教師、日語支援者、兼職的人……各種人們對話，能使學習者的「日文對話能力」更上一層樓。

第1冊的「初級」已問世超過2年。「會！日本語」系列以將近10年的歲月，在教學現場製作使用、然後再次修改，不斷重複這樣過程而誕生。簡直可以說是「在教學現場出生、養育，是為了學習者與現場教師而生的教科書」。支持著這樣長久而辛苦工作的是「想給學習者使用好的教材」「想從事自己也能信服的課程」這樣現場教師的想法，以及使用教科書的學習者溫暖的目光。此外，本書更融入了日語教師與アルク、凡人社兩間出版社人員一起摸索「前所未有的嶄新教科書製作」所得之成果。有眾多不同領域的人們參與，展開各式各樣對話的過程，才得以注入了多方面的視點與事物的看法。

儘管使用新的教科書需要相當大的勇氣，但新的挑戰會促成「大幅的飛躍」。使用新的思考方式製作而成的《會！日本語》系列教學，必能使日語教育更加有趣！請務必拿起本書，於實踐的場合使用看看吧！

教科書有變化，教師便會變化；
教師有變化，學習者便會變化。

2013 年 3 月
作者一同

目次
もくじ

1

第1課 ● 新たな出会い …… 25
だい か あら で あ

新しい環境に自分から挑戦して、その環境で印象的に自己紹介することができる。
かんきょう ちょうせん かんきょう いんしょうてき じこしょうかい

會在新環境挑戰自己，並在那樣的環境下完成印象深刻的自我介紹。

2

第2課 ● 楽しい食事・上手な買い物 …… 41
だい か じょうず か もの

周りからいろいろな情報を得たり、自分の希望を伝えたりして、満足のいく食事や買い物を
まわ じょうほう え きぼう つた まんぞく
することができる。

會從周遭獲得各種資訊、傳達自己的期望，完成圓滿的用餐與購物。

3

第3課 ● 時間を生かす …… 59
だい か じかん い

これからの自分にとって有意義な過ごし方を考えて、周りの人と生活の工夫や時間の使い
ゆういぎ す まわ くふう
方などの情報をやりとりすることができる。
じょうほう

會思考接下來對自己而言有意義的生活方式，並與身邊的人討論生活的創意或是時間
的使用方法等資訊。

4

第4課 ● 地域を知って生活する …… 75
だい か ちいき

地域の暮らしに必要な情報を得て、快適な生活を送ることができる。
ちいき く ひつよう じょうほう え かいてき おく

會獲得地區生活的必要資訊，並過著舒適的生活。

5

第5課 ● 緊急事態！ ……93

予期しないことが起きたとき、状況を理解して適切な行動を取ることができる。また、緊急の事態が起こって経験したことについて話すことができる。

在未預期的情況發生時，會理解狀況並採取適當的行動。會分享關於發生緊急事件的經驗。

6

第6課 ● 地図を広げる ……113

ふるさとや住んだことがある場所の地理や気候に合わせた生活を紹介して、お互いの理解を深めることができる。

會介紹與故鄉或曾住過地方的地理與氣候相符的生活，並加深彼此的理解。

7

第7課 ● 世代を超えた交流 ……133

異なる背景を持つ人々との交流を通して自分の視野を広げることができる。

會與不同背景的人透過交流，拓展自己的視野。

8

第8課 ● 気持ちを伝える ……153

場面に応じて自分の気持ちをうまく伝えたり、相手の気持ちを受け止めたりして、周りの人と気持ちよくコミュニケーションを取ることができる。

會根據場面流利的傳達自己的心情，理解對方的心情，並與身邊的人互相傳達心情。

◎各課の構成と授業の流れ◎

『會！日本語 中階1』は1課から10課まであり、各課の構成は図のようになっています。
各課に4～5のタスクがあります。
　（『會！日本語 中階2』は11課から20課です）

　図示すると下記のようになります。

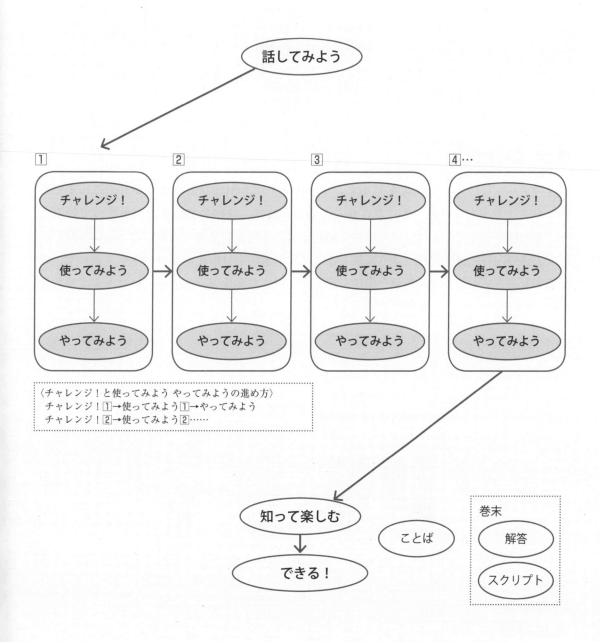

授業の流れに沿って、各項目を説明していきます。

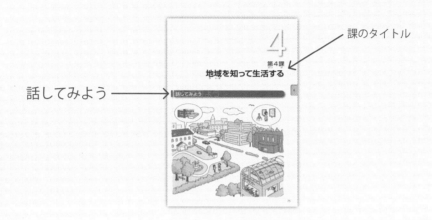

課のタイトル

話してみよう

●話してみよう

　課のテーマについての導入をします。イラストや吹き出しなどを見ながら、これまで経験したことや知っていること、これからの希望・期待、経験していきたいと思っていること、また自分の考えなどについて自由に話します。学習者の発話から教師はさらに質問を広げて、課の内容に興味を持つように促します。学習者が自分の生活や経験を振り返って、周りの人と共有することで、刺激を受けて課のテーマに興味を持って入っていけるようにします。

各タスクのできること
そのタスクで何ができるようになるか示されています。

チャレンジ！

チャレンジの番号

チャレンジする
タスクの種類

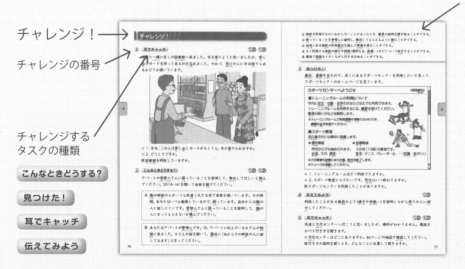

こんなときどうする？

見つけた！

耳でキャッチ

伝えてみよう

●チャレンジ！

　「チャレンジ！」には学習者が社会で遭遇するであろう状況、場面でのさまざまなタスクが用意されています。「こんなときどうする？」「見つけた！」「耳でキャッチ」「伝えてみよう」の4種類があります。

　直面したタスクにまず自分が持っている日本語や知識を使ってチャレンジします。チャレンジすることで、さらに自分に必要なことは何かを知り、日本語を使う動機を高めることにつながります。

　教師とのやりとりを通して、タスクの状況や場面、何をするのかを把握してから始めます。①の「チャレンジ！」が終わったら、①の「使ってみよう」、「やってみよう」をします。そして、「チャレンジ！」②……と続いていきます。

　「見つけた！」以外のタスクにはCDが用意されています。CDを聞くタイミングや意図はP.14からの各タスクの紹介のところで触れます。

使ってみよう→　　　　　　　　　　　　　　　　　　　　　　　　　　←やってみよう

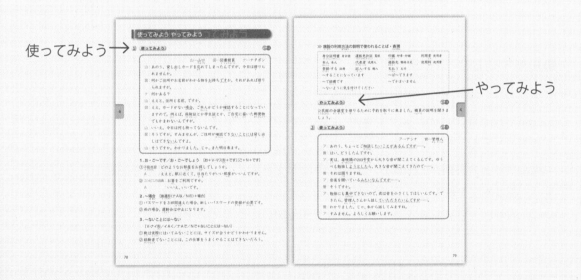

●使ってみよう

　チャレンジしたことの種明かし的な存在です。「こんなときどうする？」「伝えてみよう」のサンプルと「耳でキャッチ」のスクリプトと学習項目があります。サンプルやスクリプトを見て確認して、そのタスクを達成するために必要な表現や言葉を学習します。「≫」の「ことば・表現」は学習者のレベルや必要性に合わせて、取捨選択することもできます。

●やってみよう

　各タスクにある「できること」を達成するタスクです。一度チャレンジしたタスクを、「使ってみよう」で学んだ学習項目を生かして、自分の力でやってみます。

知って楽しむ

知って楽しむに出てきたことばです。

●知って楽しむ

　各課のテーマに沿った内容の読み物を読みます。読んでおもしろい、誰かに話したくなるという視点で選ばれています。また、「知って楽しむ」を読むことで、新しい情報や知識を得て考えたり調べたりするきっかけになるようにと考えられています。

　読んだあとの質問が2種類あります。●は本文を読んで、内容の大意が把握できるような問い、■は本文を読んで、自分の経験、知っていること、自分だったらどうするかなどについて、周りの人と話し合うことができるような問いになっています。

 できる

 ことば

●できる！

　各課の行動目標（目次、シラバス一覧参照）に即した総合的な活動を行います。

　課の集大成として、教室と社会を結びつけるために行います。教室で学んだことを学習者が自分の言語活動に生かせるようになっています。

　周りの人と意見を交換したり、役立つ情報を共有したり、興味があるテーマについて調べて自分の考えを深めたりする活動があります。それらの活動を通じて、自分を振り返り、周りや社会に目を向け、生き生きと社会生活が送れるようになることを目指しています。

●ことば

　「ことば」は課末（タスクごとの語彙）と「知って楽しむ」の後ろにあります。新出語彙を提出順に提示してあります。

　太字になっている語は、旧日本語能力試験の2級以下の出題基準で扱われていた語彙と、それ以外の語彙でもこの段階で覚えることが望ましいと思われる語です。

　多義語には括弧の中に例文、複合語には例を載せています。「交流する」のような「来る」「（持って）来る」以外の3グループの動詞は、その語が名詞だけで提出されている場合でも、「N-する」（例：交流-する）のように載せています。

●チャレンジするタスクの種類

こんなときどうする?

　ある場面・状況において、日本語でどう行動するかというタスクです。誘う、依頼する、アドバイスをする／もらう、問い合わせるなど学習者が生活の中で出合う機会の多いやりとりを取り上げています。

　場面・状況を理解してから、チャレンジします。それから、CDでサンプルを聞いて、「使ってみよう」で、見て確認します。そのあとに学習項目を学びます。「やってみよう」では、自分自身の状況に合わせたり、チャレンジとは少しずらしたりした内容で再度タスクを行います。

見つけた!

　ある状況でポスター、パンフレット、記事などを読むタスクです。必要な情報を読み取ったり、内容を理解したりできるように、知っている日本語を使ってチャレンジします。●の問いに答えることは、情報の中から注目してほしい部分に学習者の注意を向けることにつながります。■の問いは、それに答えることで、経験や感想、関連する知識を共有することができるようになっています。そのあとに「使ってみよう」で学習項目を学んで、本文の内容を確認します。「やってみよう」では、実際のものや教科書に用意されているものをもう一つ読みます。

耳でキャッチ

　ある状況でニュース、会話、インタビューなどを聞くタスクです。「必要な情報を得るために聞く」(天気予報、車内放送など)、「会話に参加するために周りの人の話を聞く」(友達の会話など)、「情報・知識を広げるために聞く」(専門家の話など) などがあります。まず聞くことにチャレンジします。●の問いに答えることは、情報の中から注目してほしい部分に学習者の注意を向けることにつながります。■の問いはそれに答えることで、経験や感想、関連する知識を共有することができるようになっています。そのあとに「使ってみよう」で学習項目を学んでから、もう一度CDを聞いて確認します。「やってみよう」では、実際のものや教科書に用意されているものをもう一つ聞きます。

伝えてみよう

　自分の経験や紹介したいこと、意見を日本語でどうやって表現するか考え、固まりで語ります。わかりやすく紹介する、比較しながら説明する、相手の意見を受けて自分の意見を述べるなどがあります。初級から目指してきた「ある程度の長さで自分のことや自分の考えを伝えることができる」ことが、中級ではさらに内容が充実し、ある程度の長さを伴った固まりで表現できるようになることを目指しています。まず自分だったらどう語るかにチャレンジします。そのあとに「使ってみよう」で学習項目を学びます。教科書に掲載してあるのはサンプルです。これを見ながら、CDを聞くこともできます。「やってみよう」では、もう一度チャレンジします。話すだけではなく、学習者の作品をまとめた「○○集」を作って、新しい情報や考えを交換することもできます。また、話したことを原稿にまとめて、スピーチする活動につなげることもできます。

◎各課構成與授課流程◎

　　《會！日本語 中階 1》由第1課至第10課組成，各課的結構如圖所示。每課由4～5個任務所組成。

　　（《會！日本語 中階 2》內容為第11課～第20課）

　　以圖示說明如下。

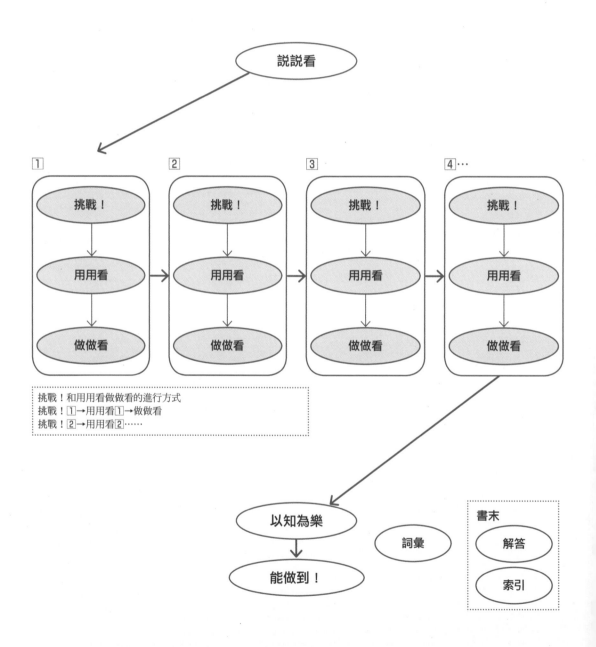

順著授課流程，說明各項目。

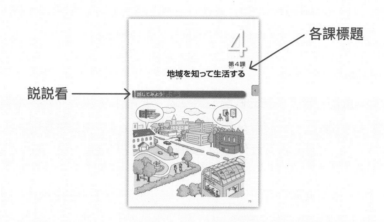

各課標題

說說看

●説説看

　　導入對課程主題的認識。一邊看插圖或是對話框等，一邊自由地敘述至今為止曾經驗的
事、知道的事，或是從現在開始的希望、期待、想要體驗的事，也可以將自己的想法說出來。
從學習者的發言中，教師再更進一步的拓展問題，並敦促學習者對課文內容產生興趣。學習者
回想過去自己的生活或經驗，與身邊的人分享，在這樣的薰陶下，對課程主題產生興趣，並且
進入課程。

各個任務的達成目標
標示藉由任務可以做到
怎樣的事

挑戰！

挑戰的編號

要挑戰的任務種類

這種時候該怎麼辦？

找到了！

用耳朵捕捉

傳達看看

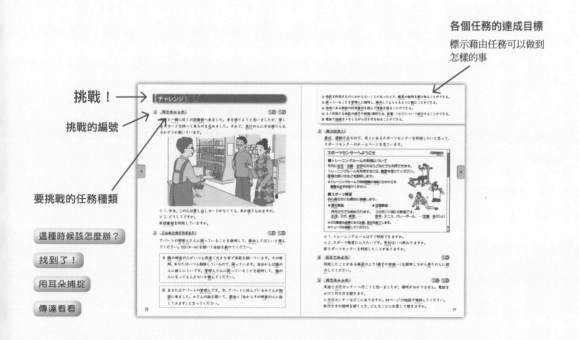

●挑戰！

　　在「挑戰！」中，提供學習者各種在社會可能遭遇的狀況、情境等任務。包含「這種時候該怎麼辦？」「找到了！」「用耳朵捕捉」「傳達看看」等四個種類。

　　首先挑戰用自己已知的日語與知識面對任務。藉由做挑戰，知道自己需要的是什麼，導向提升使用日文的動機。

　　透過與教師的討論、掌握任務的狀況、情境以及要做什麼之後，即開始課程。「挑戰！」1 結束後，接著「用用看」1、「做做看」。再來是「挑戰！」2……依此類推。

　　除了「找到了！」之外的任務皆有附 CD 音檔。聽 CD 的時間點及目的，請詳見 P.21 各任務的介紹。

用用看 ⟶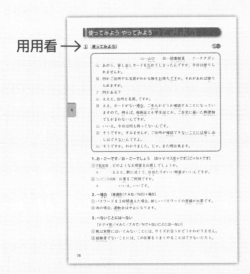

 **⟵ 做做看**

●用用看

　　是在挑戰後用來說明的部分。包含「這種時候該怎麼辦？」「傳達看看」的例句，以及「用耳朵捕捉」的索引及學習項目。閱讀並確認例句及索引，學習為達成任務所必需的表達方式及詞彙。「》》」的「詞彙、表現」可以配合學習者的程度及必要性進行取捨。

●做做看

　　各個任務中皆有某個「能做到的事」需要達成。活用曾挑戰過的任務、「用用看」中學到的學習項目，試著以自己的能力練習。

以知為樂 ————▶  ◀———— 「以知為樂」中出現的詞彙

●以知為樂

　　閱讀延續各課主題的文章。文章題材以有趣、會想跟人分享為選擇依據。同時也考慮到，以閱讀「以知為樂」作為思考及查閱新資訊、新知識的動機。

　　閱讀後的問題分為2種。●是在閱讀文章後，能掌握內容大綱的提問，■是閱讀文章後，能將自身經驗、知道的事，以及如果是自己的話會怎麼做等內容，與身邊的人進行討論的提問。

能做到！ → 　 ← 詞彙

●能做到！

　　基於各課行動目標（參照目次、及教學大綱一覽表）進行整合活動。

　　作為該課的集大成，為了將教室與社會結合而進行的活動。讓學習者在教室中將所學化為自己的話語與行為。

　　是可以與身邊的人交換想法，分享有用的資訊，查閱有興趣的主題，加深自己思考的活動。透過這些活動，反思自身，關注周遭及社會，以能過著生氣勃勃的社會生活為目標。

●詞彙

　　詞彙出現在每課最後（各個任務的詞彙）及「以知為樂」之後。詞彙按照出現順序排列。

　　粗體字的詞彙是舊日本語能力試驗2級以下的出題範圍詞彙，以及這之外的詞彙，但於此階段習得較佳的詞彙。

　　具有多意義的詞彙在括弧中附有例句，複合詞彙則有例子。而如「交流する」等「来る」「（持って）来る」以外的Ⅲ類動詞，就算該詞彙僅作為名詞出現，仍以「N-する」（例：交流-する）的形式記載。

●要挑戰的任務種類

這種時候該怎麼辦？

　　這個部分的任務是設定為，在某種場合或狀況下，如何使用日語來行動與表現。這些任務通常是學習者在生活中常見的溝通與交流場合，例如：邀請、委託、給予／得到忠告、詢問等。

　　在理解場合與狀況之後，就開始挑戰。接著聆聽CD上的範例，並藉由「用用看」確認自己的理解程度，並且習得學習項目。在「做做看」中，根據合乎自身的情況，挑戰再次以略微不同的內容進行任務。

找到了！

　　這個部分的任務是閱讀在某個情況的海報、手冊、報導等。挑戰使用已知的日語來讀取必要的資訊，並且理解內容。回答●的問題時，希望學習者關注資訊中需要注意的部分。而■的問題則是透過回答，讓學習者可以分享經驗、感想及相關的知識。接著藉由「用用看」習得學習項目，並確認文章內容。在「做做看」中，將會閱讀另一則實際的事物或是教科書內容。

用耳朵捕捉

　　這個部分的任務是聆聽某個情況的新聞、會話、採訪等，包含「為了得到必要資訊的聆聽」（天氣預報、車上廣播等）、「為了參與會話聆聽周遭人的對話」（與朋友的對話等）、「為了拓展資訊與知識的聆聽」（專家的言論等）。首先挑戰聆聽。回答●的問題時，希望學習者關注資訊中需要注意的部分。而■的問題則是透過回答，讓學習者可以分享經驗、感想及相關的知識。接著藉由「用用看」習得學習項目後，再次聆聽CD並確認內容。在「做做看」中，將會聆聽另一則實際的事物或是教科書內容。

傳達看看

　　思考如何使用日語表達自己的經驗、想介紹的事情以及意見，並且以制式語法陳述。任務包含淺顯易懂的介紹、一邊比較一邊說明、接受對方的意見並闡述自己的意見。初級的目標是「能夠以一定長度的句子傳達自己的事情與想法」，但到了中級，要以更加充實內容，並且以一定長度的句子，搭配制式的表現語法為目標。首先挑戰用自己的話語說說看，接著再藉由「用用看」習得學習項目。書中會記載範例，可以一邊看一邊聆聽CD。而在「做做看」中可以再次挑戰。不只是談話，也可以將學習者的作品彙整成「○○集」，可以交換新的資訊與想法。此外，也可以將談話內容彙整成紙本，並延續為演講的課程活動。

◎凡例◎

<table>
<tr><td>Ⓐ 01</td><td>CDとトラック番号を表しています。CDにはタスクをする前に聞くものと「こんなときどうする？」「伝えてみよう」のサンプル、「耳でキャッチ」の音声の3種類があります。</td></tr>
<tr><td>1</td><td>タスクの番号を表しています。「チャレンジ！」と「使ってみよう」「やってみよう」の番号は対応しています。</td></tr>
<tr><td>●</td><td>「見つけた！」「耳でキャッチ」「知って楽しむ」にあります。読んだり聞いたりしたあとで答える、内容に関する問いです。</td></tr>
<tr><td>■</td><td>「見つけた！」「耳でキャッチ」「知って楽しむ」にあります。読んだり聞いたりしたあとで、学習者の経験を聞いたり自分だったらどうするかを考えたりする問いです。</td></tr>
<tr><td>1. 2. 3. …</td><td>その課で提出される表現、文型です。</td></tr>
<tr><td>✏</td><td>複数の学習項目が一緒に使われる場合です。</td></tr>
<tr><td>≫</td><td>タスク達成に使える言葉や表現です。</td></tr>
<tr><td>N</td><td>名詞</td></tr>
<tr><td>V</td><td>動詞</td></tr>
<tr><td>A</td><td>形容詞　イＡ　イ形容詞　　ナＡ　ナ形容詞</td></tr>
</table>

接続の形について

V-マス形	動詞のマス形	読み
V-ナイ形	動詞のナイ形	読ま
V-ナイ形ない	動詞のナイ形＋ない	読まない
イＡ	イ形容詞の語幹	楽し
イＡい	イ形容詞の辞書形	楽しい
イＡく	イ形容詞の語幹＋く	楽しく
イＡくて	イ形容詞の語幹＋くて	楽しくて
ナＡ	ナ形容詞の語幹	元気
ナＡな	ナ形容詞の語幹＋な	元気な
ナＡである	ナ形容詞の語幹＋である	元気である

＊［普通形(　　)＋○○]の(　　)にはナ形容詞と名詞の例外が示されています。
例)［普通形(ナＡな・ナＡである／Nの・Nである)＋はずだ]は、ナ形容詞と名詞の接続が、「普通形(元気だ／学生だ)」ではなく、「元気なはずだ」「元気であるはずだ」「学生のはずだ」「学生であるはずだ」となることを表しています。

◎凡例◎

Ⓐ 01	表示CD與音軌編號。CD具備在任務前聆聽、「這種時候該怎麼辦？」「傳達看看」的例句、「用耳朵捕捉」這三種類型的音檔。
1	表示任務的編號。對應「挑戰！」、「用用看」、「做做看」的編號。
●	在「找到了！」「用耳朵捕捉」「以知為樂」等部分會出現。在閱讀或聆聽後，能夠回答關於內容的提問。
■	在「找到了！」「用耳朵捕捉」「以知為樂」等部分會出現。在閱讀或聆聽後，聽學習者的經驗，或讓學習者思考如果是自己的話會怎麼做的提問。
1. 2. 3. …	在該課提到的表現與文型。
🖊	使用多個學習項目的情況。
》》	達成任務所使用的詞彙與表現。
N	名詞
V	動詞
A	形容詞　　イA　イ形容詞　　ナA　ナ形容詞

關於接續形

V-マス形	動詞的マス形	読み
V-ナイ形	動詞的ナイ形	読ま
V-ナイ形ない	動詞的ナイ形＋ない	読まない
イA	イ形容詞的語幹	楽し
イAい	イ形容詞的辭書形	楽しい
イAく	イ形容詞的語幹＋く	楽しく
イAくて	イ形容詞的語幹＋くて	楽しくて
ナA	ナ形容詞的語幹	元気
ナAな	ナ形容詞的語幹＋な	元気な
ナAである	ナ形容詞的語幹＋である	元気である

＊[普通形(　　)＋○○]中的(　　)表示ナ形容詞與名詞的例外。

例)[普通形(ナAな・ナAである／Nの・Nである)＋はずだ]雖然是ナ形容詞與名詞的接續，但並不是「普通形(元気だ／学生だ)」，而是表示「元気なはずだ」「元気であるはずだ」「学生のはずだ」「学生であるはずだ」。

アニル

マリヤム

山口
やまぐち

チン

メアリー

ナタポン

パク

ダニエル

ロハン

マルコ

ワン

ミラ／西川
にしかわ

カルロス

アンナ

1

第1課
だい か

新たな出会い
あら で あ

話してみよう

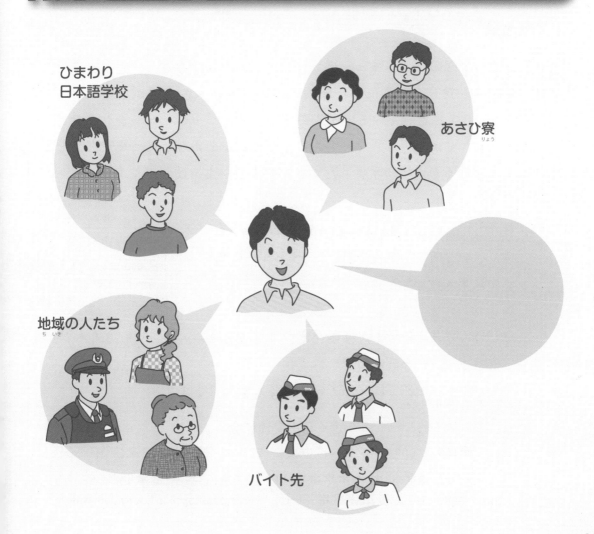

ひまわり
日本語学校

あさひ寮
りょう

地域の人たち
ち いき

バイト先

1 見つけた！

イベントに参加しようと思って掲示板を見ていたら、
下のポスターを見つけました。

友達を作ろう！ ウェルカムパーティー　　さくら市交流協会

さくら公園のバーベキュー広場において、ウェルカムパーティーを行います。新しく日本に来た外国人の方、「日本人の友達がなかなかできない！」と思っている外国人の方、一緒にバーベキューをしませんか。食べながらおしゃべりしたり、ゲームをしたりして、交流しましょう。近くの大学の学生もたくさん来ます。生活便利ガイドブックもプレゼント!!

日　　　時：◇月△日(土) 10：30 〜 14：00ごろ
場　　　所：さくら公園(バーベキュー広場)
参加募集人数：先着50名
参　加　費：300円
申し込み方法：電話または協会窓口でお申し込みの上、
　　　　　　　当日参加費をお支払いください。
　　　　　　　どこに住んでいる人でも参加できます！

＊雨天中止!!

たくさんの人に来てほしいです！待っていま〜す!!

さくら市交流協会
〒169 - 0099　さくら市中央4−28−6　さくら市交流協会
TEL：0＊-33＊＊-＊＊＊＊　FAX：0＊-33＊＊-＊＊＊＊
http://nakayoku-kouryu.＊＊＊　E-mail：info@nakayoku-kouryu.＊＊＊

1. 興味のあるお知らせの情報を読み取ることができる。
2. 参加するイベントの内容を話して友達を誘うことができる。
3. 天気予報を聞き取って自分の行動を決めることができる。
4. 覚えてもらえるように印象的に自己紹介することができる。

● 1. ウェルカムパーティーではどんなことをしますか。
● 2. どこでありますか。
● 3. どうやって申し込んだらいいですか。
● 4. ウェルカムパーティーは雨でもありますか。
■ 交流会に参加したことがありますか。

2　こんなときどうする？　Ⓐ 01

友達を交流イベントに誘ってください。

> **A** 学校の掲示板で交流イベントのお知らせを見つけました。友達にイベントの内容を説明して、誘ってください。友達は以前から日本人の友達がほしいと言っていました。

> **B** Aさんに交流イベントに誘われました。どんな内容のイベントか聞いてください。

3　耳でキャッチ　Ⓐ 02

来週の土曜日、交流イベントに参加します。このイベントは雨のとき中止になると、ポスターに書いてあったので天気予報を聞いています。

● 土曜日の天気はどうですか。

ⓐ　　ⓑ　　ⓒ

■ どんなときに天気予報を見ますか。

4　伝えてみよう　Ⓐ 03

初めて会う人に自分のことを覚えてもらえるように自己紹介しましょう。

使ってみよう やってみよう

1 使ってみよう

1.～において／～における ［N＋において］

① ウェルカムパーティーはさくら公園において行われる予定です。

② 就職活動において、まず重要なことは自分を知ることだ。

③ 海外における日本のアニメの評価は年々高まっている。

2.～上（で）［V-タ形／Nの＋上で］ ＊Nは「N-する」の形で使われるもの

① 電話または協会窓口でお申し込みの上、当日参加費をお支払いください。

② 金額を確認した上で領収書にサインしてください。

③ 何回もテストした上での完成品ですから自信があります。

3.～てほしい／～てもらいたい ［V-テ形・ナイ形ないで＋ほしい］

① このイベントにはたくさんの人に来てほしいです。

② 国の料理を作ったので、クラスの友達にも食べてもらいたい。

③ A：Bさん、このテーブルを運ぶのを手伝ってほしいんだけど。

　　B：うん、いいよ。どこに運んだらいい？

④ A：明日から隣のビルの工事が始まるんだって。

　　B：ええ！　あんまり大きな音を立てないでもらいたいね。

≫ イベントのお知らせでよく見ることば

先着　先抵達 せんちゃく	定員　規定人数 ていいん	事前予約　事先預約 じぜん
お問い合わせ　詢問 と　あ	申し込み-する　報名、申請、預約 もう　こ	窓口　窗口 まどぐち
〆切（締め切り）　截止 しめきり　し　き	持参-する　帶來 じさん	主催-する　主辦 しゅさい

やってみよう

学校や交流会の掲示板のお知らせを見てみましょう。

Ⓐ 01

> ワ…ワン　マ…マリヤム
>
> ワ：掲示板のお知らせ見た？
> 　　けいじばん
> マ：ううん、まだ。何かおもしろそうなイベントあった？
> ワ：うん。来週、交流会があるんだって。一緒に行ってみない？
> 　　　　　　　　こうりゅう　　　　　　　　いっしょ
> マ：交流会かあ。
> 　　こうりゅう
> ワ：うん。マリヤムさん、日本人と友達になりたいって言ってた<u>よね</u>。
> 　　大学生も来るって書いてあるし、とてもいい機会だと思うよ。
> 　　　　　　　　　　　　　　　　　　　　きかい
> マ：うーん、行ってみたいけど……。どんなことするの？
> ワ：バーベキュー<u>とか</u>ゲーム<u>とか</u>を一緒にしたり、生活の役に立つ情報
> 　　　　　　　　　　　　　　　　いっしょ　　　　やく　　じょうほう
> 　　を教えてもらえたりするらしいよ。
> マ：ふーん。
> ワ：新しい友達ができたらラッキーだし、行ってみようよ。
> マ：そうだね。じゃ、行ってみようかな……。
> ワ：そうだよ。行こうよ。定員があるから、行くならできる<u>だけ</u>早く申
> 　　　　　　　　　　　　ていいん　　　　　　　　　　　　　　　　　もう
> 　　し込んだほうがいいらしいよ。
> 　　こ
> マ：そっか。じゃ、行くかどうかできるだけ早く決めるね。
> 　　　　　　　　　　　　　　　　　　　　　　き

1.＿＿＿＿＿よね

① A：確か、明日テストだよね。
　　　たし
　 B：うん。

② A：Bさん、来週の飲み会には行けないんだよね。
　 B：うん、残念だけど用事があるから。
　　　　　ざんねん　　　ようじ

2.～とか～とか　[普通形{ナA(だ)／N(だ)}＋とか]
　　　　　　　　　　ふつうけい

① A：Bさんは甘い物、好き？
　　　　　　　あま
　 B：うん、大好き。プリンとかゼリーとか甘くてやわらかい物が好き。
　　　　　　　　　　　　　　　　　　　あま

② A：夏休み、何するの？
　 B：何もしない。アルバイトをするだけ。
　 A：えっ、海へ行くとか、美術館へ行くとかしてみたら？
　　　　　　　　　　　びじゅつかん

3. ～だけ／～だけの　[普通形-肯定形(ナＡな)＋だけ]　＊Ｎに付かない。

① 遠慮しないで、好きなだけ食べてください。

② 試合に勝つために、やれるだけのことを全部しておきたいです。

③ 映画を見て泣きたいだけ泣いたら気分がすっきりした。

＊可能動詞、ほしい・～たい・好きな・必要な、などと一緒に使うことが多い。

≫ 友達を誘うときに使う表現

よかったら、 時間があったら、 興味があったら、	一緒に～ない？ 一緒に～てみない？ 一緒に～たいと思って…… 一緒に～てみようよ

やってみよう

掲示板やインターネットを見て参加したいイベントを探しましょう。それから、友達を誘いましょう。

3　使ってみよう　　　　　　　　　　　　　　　　　Ａ-02

キ…キャスター　　　気…気象予報士

キ：明日からのお天気はどうですか。

気：はい、金曜日は一日中、いい天気になりそうです。青空が広がるでしょう。日中は今日より４度高く、最高気温は25度の見込みです。汗ばむ陽気になりそうです。

キ：洗濯日和になりそうですね。

気：そうですね。夜もきれいな星空が見られるでしょう。土曜日の天気は晴れのち雨になりそうです。午前中は前日の天気が続いて、青空が見られますが、夕方から日曜日の朝にかけて雨になりそうです。

キ：お出かけの方は傘があったほうがよさそうですね。

気：はい。折りたたみ傘があると便利でしょう。続いて日曜日のお天気

です。日曜日の朝も雨が続くでしょう。日中のお天気は曇りときどき雨、気温は平年並みの予想ですが、風が強くなりそうです。夜は肌寒く感じるかもしれません。

キ：そうですか。お帰りが遅くなりそうな方は上着があったほうがいいですね。

気：はい、そうですね。

1.〜でしょう／〜だろう　［普通形(ナA／N)＋でしょう］

① 明日は雨が降るでしょう。

② 連休はどこも混んでいるでしょう。

③ 公園で遊んでいる子どもを迎えに来たのは、きっと父親だろう。

2.〜から〜にかけて　［N＋から＋N＋にかけて］

① 明日は東北地方から関東地方にかけて天気が崩れるでしょう。

② 9月から10月にかけて、各地で祭りが行われます。

3.〜と、A／V　［普通形-現在形＋と、A／V］

① ここに荷物を置くと、迷惑になるから、あそこに置こう。

② A：お手伝いしましょうか。

　 B：ありがとうございます。手伝っていただけると、助かります。

≫ 天気予報でよく聞くことば・表現

〜のち… 〜之後	ときどき… 有時…	〜一時… 〜暫時、短時間…
天気が崩れる 天氣變壞	天気が回復する 天氣好轉	（平年)並み （往年)相同
汗ばむ 微微出汗	冷え込む 氣溫驟降	梅雨 梅雨
夏日 夏日	熱帯夜 熱帯夜	秋晴れ 秋天的晴空、秋高氣爽
蒸し暑い 悶熱	日差しが強い 日照強烈	肌寒い 皮膚感到冷
（お出かけ／洗濯／行楽…)日和 （外出／洗滌／遊玩…)天氣		
ぽかぽか 和煦	じめじめ 潮濕	からっと 爽朗・晴朗

やってみよう

週末の天気予報を聞きましょう。

　　初めまして、こんにちは。中国の北京から参りました。王華と申します。王華の華は中華の華です。友達から「ワンさん」とか「はなちゃん」と呼ばれています。皆さんもよかったら、「はなちゃん」と呼んでください。日本に来て1年半になります。インターネットで日本人の友達ができたことが<u>きっかけで</u>、日本や日本語に興味を持つようになりました。人からはしっかりしていると言われますが、実はおっちょこちょいです。<u>忘れっぽい</u>性格で、よく物をどこに置いたかわからなくなります。大切な物<u>でも</u>よくいろいろな所に置いてきてしまいます。趣味は料理です。日本の料理も習いたいと思っています。日本に来てタイ人の友達ができてタイ料理にも興味を持っています。映画やドラマを見るのも好きで、特に明るくてハッピーになれるストーリーのものが好きです。映画やドラマが好きな方、あとでお薦めを教えてください。

1. 〜がきっかけで　[N＋がきっかけで]

① 日本のアニメがきっかけで日本語の勉強を始めました。

② 音楽がきっかけでイギリスに興味を持つようになりました。

③ オリンピックで試合を見たことがきっかけでテニスが好きになりました。

2. 〜っぽい　[V-マス形／N＋っぽい]

① 兄は気が短くて怒りっぽい性格です。

② 田中さんはもう24歳なのに、行動がずいぶん子どもっぽい。

③ 彼はいつも黒っぽい服を着ている。

3. 〜でも　[N（＋助詞）＋でも]

① この料理は火を使わないので、小さい子どもでも作れます。

② 誰にでも欠点はある。

≫ 自己紹介で使える表現
じ こ しょうかい ひょうげん

~と呼んでください　　~から~と呼ばれています
よ　　　　　　　　　　　　　　よ

人から~とよく言われます　　自分では~と思っています

（負けず嫌いな／おおざっぱな…）ところがあります
ま　ぎら

~ように、
　　　　　｜~（ことにし）ています
~ために、

~がきっかけで、
　　　　　　　｜~を始めました
　　　　　　　｜~ようになりました

~に興味を持っています　　~が得意／苦手です
きょう み　　　　　　　　　　とく い　にが て

~のことなら私に聞いてください

≫ 性格を表すことば
せいかく　あらわ

◀──── プラスのイメージ ────　　　マイナスのイメージ ────▶

優しい　温柔、親切	おとなしい　文靜、老實、溫順	わがまま（な）　任性
やさ		
素直（な）　天真、純樸	負けず嫌い（な）　不服輸	おっちょこちょい（な）　輕浮、
すなお	ま　ぎら	不穩重
活発（な）　活潑	恥ずかしがり屋　怕羞的人	飽きっぽい　厭煩、沒耐心
かっぱつ	は	あ
積極的（な）　積極	寂しがり屋　容易寂寞的人	消極的（な）　消極
せっきょくてき	さび	しょうきょくてき
几帳面（な）　正經、一板一眼	のんびりしている　正悠閒	神経質（な）　神經質
き ちょうめん		しんけいしつ
慎重（な）　慎重		おおざっぱ（な）　粗枝大葉、
しんちょう		草率
努力家　努力家、實幹家		せっかち（な）　性急
どりょく か		
我慢強い　很會忍耐		気が短い　個性急躁
が まんづよ		
楽天的（な）　樂天		怒りっぽい　易怒
らくてんてき		おこ
思いやりがある　體貼	クール（な）　酷	悲観的（な）　悲觀
		ひ かんてき
責任感がある　有責任感	頑固（な）　頑固	
せきにんかん	がん こ	
しっかりしている　可靠	おせっかい（な）　多嘴、多管閒事	

やってみよう

自己紹介カードを書いて周りの人と交換しましょう。
じ こ しょうかい　　　　　　　　まわ　　　こうかん

おしゃべりのきっかけ

　初めて会った人と何を話したらいいかわからないときや、中心になって話したいけど、日本語だと聞く立場になってしまうときはありませんか。おしゃべりのきっかけがほしいとき、とても便利で楽しいゲームがあります。今からちょっと試してみませんか。

　あなたは長い長い旅に出ることになりました。旅のお供は5種類の動物、羊、馬、猿、ライオン、牛です。その動物たちと協力し合って旅をしていましたが、お金がなくなって、1匹ずつ売ってしまわなければならなくなりました。さて、あなたならどの動物から順に手放しますか。一番初めに手放す動物から順に5番まで番号を付けてください。

　動物にはそれぞれが象徴しているものがあります。羊は恋人、馬は仕事、猿は友達、ライオンは親、牛は財産です。暖かくてやわらかな羊は恋人の象徴です。寒い日はそばにいるだけでほっとします。乗って移動することができる馬はあなたの生活の手段、仕事を表します。猿はいつもそばにいる友達です。ライオンは強くて、他の怖い動物、つまりいろいろな困難からあなたを守ってくれるので親を表します。栄養たっぷりな牛乳を与えてくれる牛は財産を表します。手放してもいいと思う動物の順番はそのままあなたが人生で困難に出合ったとき、手放してもいいと思うものの順番になります。

相手の人に手放す順番を書いてもらったら、どうしてその順番にしたのか、なぜその動物を残したのかなどを話します。最後にそれぞれの動物が何を表しているかを発表します。そうすると、自然に自分の考えや相手の考えがわかって、おしゃべりが楽しくなります。

では、もう一つご紹介します。日本の昔話「桃太郎」を知っていますか。あなたは桃太郎です。犬、猿、キジの他にもう1匹、好きなものを連れて鬼退治に出かけます。　①何を連れて行きますか　②それはなぜですか　③連れて行った動物に重大な欠点がありました。それは何ですか。周りにいる人と話してみてください。種明かしは216ページにあります。

● 1. 紹介されているゲームはどんなときに試すといいと言っていますか。
● 2. このゲームをすると、どうしておしゃべりが楽しくなりますか。
■ 紹介されているゲームをやってみましょう。

=== ことば ===

きっかけ 契機	中心 中心	立場 立場	試す 嘗試
あなた 你	旅-する 旅遊、旅行	お供 陪同、跟隨（的人）	動物 動物
羊 羊	馬 馬	ライオン 獅子	牛 牛
協力-する 合作	さて 且説、那麼	順に 依序	手放す 放手
なぜ 為什麼	付ける（番号を付ける）	加上（加上編號）	それぞれ 各自
象徴-する 象徴	財産 財産	やわらか（な）柔軟的	そば 旁邊
ほっと 安心、放心	移動-する 移動	手段 方法	表す 表現
つまり 也就是説	困難（な）困難	守る 保護	人生 人生
たっぷり（な）充分、很多	与える 給予	順番 順序	人生 人生
出合う 遇見、遇到	自然（な）自然	昔話 民間故事	キジ 雉
連れる 帯著	鬼退治 驅鬼	重大（な）重大、重要	種明かし 揭秘、解謎

■ できる！

新しい知り合いや友達を作りましょう。

例) 交流会やイベントに参加しましょう。

1. どんな交流会・イベントがあるか調べたり、知っている交流会を紹介したりしましょう。
2. 問い合わせて参加しましょう。
3. 感想を伝えましょう。
   （SNSに体験談を書いたり、写真を見せながら周りの人に話しましょう）

例) ビジターセッションをしましょう。

1. どんな人とどんな話をしたいか考えて、交流先を探しましょう。
2. 交流先に依頼の手紙を書きましょう。（日時を決めましょう）
3. 交流する前にどんな気持ちか、今持っているイメージについて書きましょう。
   （交流が終わってから振り返りましょう）
4. ビジターセッションをしましょう。
5. お礼・感想の手紙を書きましょう。

ことば

1

1. けいじばん	掲示板	布告欄
2. こうりゅう-する	交流-する	交流
3. きょうかい	協会	協會
4. ウェルカムパーティー		歡迎會
5. ひろば	広場	廣場
6. にちじ	日時	日期時間
7. にんずう	人数	人數
8. せんちゃく	先着	先抵達
9. ～めい（ごじゅうめい）	～名（50名）	～位、～名（50位）
10. または		或是
11. とうじつ	当日	當天
12. しはらう	支払う	支付
13. うてん	雨天	雨天
14. しゅうしょくかつどう-する	就職活動-する	找工作、進行就業活動
15. じゅうよう（な）	重要（な）	重要
16. ひょうか-する	評価-する	評價
17. ねんねん	年々	毎年
18. たかまる	高まる	提高、増強
19. きんがく	金額	金額
20. りょうしゅうしょ	領収書	收據

21. サイン-する		簽名
22. かんせい-する	完成-する	完成
23. ～ひん（かんせいひん）	～品（完成品）	～品（完成品）
24. こうじ-する	工事-する	施工
25. たてる（おとをたてる）	立てる（音を立てる）	發出（發出聲音）

2

1. おしらせ	お知らせ	通知
2. いぜん	以前	以前
3. できる（ともだちができる）	できる（友達ができる）	交（交朋友）
4. ラッキー（な）		幸運
5. ていいん	定員	規定人數
6. たしか	確か	似乎是、大概是
7. プリン		布丁
8. きぶん	気分	心情
9. すっきり		清爽

3

1. てんきよほう	天気予報	天氣預報
2. キャスター		主播
3. きしょうよほうし	気象予報士	氣象預報士
4. あおぞら	青空	藍天

5. ひろがる	広がる	擴大、擴展
6. にっちゅう	日中	白天
7. さいこう	最高	最佳
8. みこみ	見込み	預期
9. あせばむ	汗ばむ	微微出汗
10. ようき	陽気	氣候
11. ～びより（せんたくびより）	～日和（洗濯日和）	～天氣（適合洗滌的天氣）
12. ほしぞら	星空	星空
13. のち		之後
14. ぜんじつ	前日	前一天
15. ごぜんちゅう	午前中	上午、中午前
16. つづく	続く	繼續
17. おりたたみがさ	折りたたみ傘	折疊傘
18. へいねん	平年	常年、往年
19. ～なみ（へいねんなみ）	～並み（平年並み）	～相同、相等（往年相同）
20. よそう-する	予想-する	預想、預料
21. はだざむい	肌寒い	皮膚感到冷
22. かんじる	感じる	感覺、感受到
23. れんきゅう	連休	連假
24. ～ちほう（とうほくちほう）	～地方（東北地方）	～地方、～地區（東北地方）
25. かんとう	関東	關東

26. くずれる（てんきがくずれる）	崩れる（天気が崩れる）	失去原形、零亂（天氣變壞）
27. かくち	各地	各地
28. たすかる	助かる	受到幫助

4

1. しっかりする （かれはしっかりしている）	（彼はしっかりしている）	可靠 （他很可靠）
2. じつは	実は	其實
3. おっちょこちょい（な）		輕浮、不穩重
4. せいかく	性格	個性
5. ハッピー（な）		快樂
6. ストーリー		故事
7. イギリス		英國
8. きがみじかい	気が短い	個性急躁
9. おこる	怒る	生氣
10. こうどう-する	行動-する	行動
11. ずいぶん		極其、相當、很
12. けってん	欠点	缺點
13. まわり	周り	周圍
14. こうかん-する	交換-する	交換

第2課
楽しい食事・上手な買い物
だい　か
じょうず

話してみよう

チャレンジ！

1 耳でキャッチ

以前から行きたいと思っていたレストランがグルメ番組で紹介されています。

● このお店のランチメニューはどんなところが人気がありますか。

■ グルメ番組を見たことがありますか。

2 こんなときどうする？

友達に希望を聞いて、お薦めの店の情報と情報の探し方を紹介してください。

A あなたは友達のBさんにおいしい店を聞かれました。Bさんに食べたい物を聞いて、あなたのお薦めの店の情報を紹介してください。そして、あなたがいつも店の情報を探すときに使っている方法も紹介してください。あなたはよく自分でよさそうな店の情報を探して、食べに行っています。

紹介する店

- 焼き肉の食べ放題「モーモーBBQ」
- やなぎ駅から近い
- サラダやデザートもある
- 食べ放題の時間は70分　1,500円

お役立ち情報

- 店のホームページにクーポンがある。クーポンを持って行くと安くなる
- 「ぐるぐる」というサイトが便利。食べたい料理、予算を入れて検索するといろいろな店の名前が出てくる
- サイトの中にある口コミ（食べに行った人の感想）も書かれている

B 国の友達が遊びに来るので、おいしい焼き肉の食べ放題に行きたいと思っていますが、どこにいい店があるかわかりません。Aさんに聞いてください。店の情報の探し方も聞いてください。

---

3 見つけた！

友達と買い物に行ったとき、店の前に大きなポスターが貼ってあるのを見ました。

1. レストランの紹介を聞いて、お得な情報を得ることができる。

2. 友達に希望を聞いて、お薦めの情報と情報の探し方を紹介することができる。

3. 看板やポスターを見て、どんな内容が書いてあるか理解して情報を得ることができる。

4. 店の人に希望を伝えて依頼することができる。

5. 買い物についての経験談を周りの人と共有し、自分の買い物に役立てることができる。

● 1. 割引券がもらえる人はどんな人ですか。

● 2. お店の人はどんな人に水着を勧めていますか。

● 3. SIMON'Sさくら店ではどうしてセールをしていますか。

■ このようなポスターがあったら、店に入りますか。

4 こんなときどうする？　　　　　　　　　　　　　A・07

店の人に服のサイズ直しを頼んでください。

> **A** あなたはジーンズを買いに来ました。試着室ではいてみましたが、裾が長いので、店の人に頼んで長さを直してもらってください。あなたは今日用事があるので、できるだけ早くジーンズを受け取って帰りたいと思っています。

> **B** あなたは店員です。お客さんがジーンズを試着しました。お客さんの希望を聞いてください。いつもはジーンズの裾を直すのに1時間ですが、今日は混んでいるので、2時間くらいかかります。早く直すときには特別料金（200円）がかかります。

5 伝えてみよう　　　　　　　　　　　　　　　　　A・08

今までの買い物の中で、いい買い物だった、失敗した買い物だった、という経験について話してください。

使ってみよう やってみよう

1 使ってみよう

Ⓐ 04

リ…リポーター　　店…店員

リ：今日はさくら市にあるレストラン「オランジェ」に来ています。こちらのランチは人気があるそうで、見てください、私の後ろ、たくさんの方が並んでいます。今、やっと中に入れます。

店：いらっしゃいませ。こちらへどうぞ……こちら、メニューです。

リ：ありがとうございます。あ、今週のランチが書いてあります。ああ、ランチのメイン料理は曜日によって変わるんですね。あ、今日のメインは「春野菜と鶏肉のグラタンとニンジンサラダ」。いいですね。あっ、すみません！

店：はい。

リ：今日のランチを一つお願いします。

店：はい、かしこまりました。

　　：

店：お待たせいたしました。どうぞ温かいうちに召し上がってください。パンは無料でお代わりができます。

リ：あ、ありがとうございます。パンは食べ放題なんですね。このグラタンとサラダとスープ、わあ、みんなおいしそう！　あのう、このランチのお値段は？

店：600円です。

リ：えっ、600円！　わあ。量のわりに値段が安いですね。

店：こちらで使っている野菜などは全部シェフが自分で作っているので、安い値段にできるんです。

リ：そうですか。これはお得ですねえ。では、いただきます！　うーん、野菜が新鮮でおいしいです。人気があるのがわかりました。ここはさくら駅から……

1.〜ている ［来て／行って／帰って＋いる］

① アナウンサー：今日、私は駅前にできた新しいデパートに来ています。

② 兄は中国に行っています。

44

2.～によって [N＋によって]

① 人によって好みはさまざまです。

② 食事のマナーは国によって異なります。

3.～うちに [V-辞書形・ナイ形ない／イＡい／ナＡな／Ｎの＋うちに]

① 溶けないうちに早くこのアイスクリームを食べましょう。

② 祖父が元気なうちに、家族みんなで旅行をしたいと思っている。

③ 夜は寒くなるから、昼のうちに洗濯をしておこう。

4.～わりに [普通形(ナＡな・ナＡである／Ｎの・Ｎである)＋わりに]

① 今日のテストは勉強しなかったわりによくできた。

② 昨日、ディズニーランドへ行ったら、日曜日のわりに空いていた。

≫ 飲食店のメニューの特徴を紹介するときに使われる表現

> ～は曜日によって変わる
>
> お得な日替わりメニュー／セットメニューがある
>
> 無料で／自由にお代わりができる　　ご飯を大盛りに／少なめにできる

やってみよう　　　　　　　　　　　　　　　　　　　　　Ⓐ05

レストランの紹介をもう一つ聞きましょう。

2　使ってみよう　　　　　　　　　　　　　　　　　　　Ⓐ06

> 　　　　　　　　　　　　　　　ミ…ミラ　　ナ…ナタポン
>
> ミ：今度、国から友達が来るから、一緒に焼き肉の食べ放題に行こうと
> 　　思ってるんだけど、どこかいい食べ放題の店、知らない？
>
> ナ：焼き肉の食べ放題……あ、「モーモーBBQ」なんかいいんじゃない？
>
> ミ：もーもーBBQ？
>
> ナ：うん、やなぎ駅の近くにあるんだ。焼き肉だけじゃなくて、サラダ
> 　　とかデザートとかも食べ放題なんだよ。食べ放題の時間が70分っ
> 　　て決まってるから、あまり待たないと思うよ。

ミ：そうなんだ。駅からどのくらい？

ナ：歩いて5分くらいかな。

ミ：高い？

ナ：そんなに高くない。1,500円。あ、お店のホームページにクーポンがあるから、持って行くと、安くなるよ。

ミ：ありがとう。ナタポンさんはいつもどうやってお店の情報を探してる？

ナ：友達に教えてもらったんだけど、「ぐるぐる」というサイトでいろいろなお店が探せるんだよ。場所や食べたい料理と予算を入れて検索すると、たくさん店が出てくるんだ。それを見て、比較できるようになってるよ。

ミ：へえ。

ナ：それに口コミといって、そのお店に行った人のコメントもあるから、それも参考にするといいよ。おいしかったとかお店のサービスがよかったとか書いてあるよ。

ミ：そうなんだ。おもしろそうだね。あとで見てみる。

1. ～（が）いいんじゃない

① A：明日のパーティーに何か持って行こうと思っているんだけど、何がいいかな。

B：果物がいいんじゃない？

② A：結婚祝いのプレゼント、何がいいと思う？

B：写真立てなんかいいんじゃない？

2. ～ようになっている　［V-辞書形・ナイ形ない＋ようになっている］

① A：このサイトにアドレスを登録すると、バーゲンの情報がメールで送られてくるようになっているんだって。

B：へえ。

② このドアは安全のため、このボタンを押さないと、開かないようになっています。

≫ お得な情報を勧めるときに使える表現

> ～だけじゃなくて、～とか～とかもできる
>
> ～かもしれないけど、～から～　　～と、～く／になる
>
> （インターネット／情報誌…）で～（ら）れる
>
> （安く／早く／簡単に…）～（ら）れる

やってみよう

友達が知りたいと思っているお店を聞いて情報を教えましょう。

3　使ってみよう

1.～に限り　［N＋に限り］

① 3,000円以上お買い上げのお客様に限り、次回のセール割引券をプレゼント！

② 18時前にご来店の方に限り、ビール1杯サービスいたします。

③ こちらへの応募は、国内在住の方に限ります。

2.～こそ／～からこそ　［N（＋助詞）＋こそ］［普通形＋からこそ］

① 今年の夏こそ海に行こう！

② 忙しいからこそ、時間を大切にしたい。

③ 留学したからこそ、自分の国のよさがわかるようになった。

3.～につき　［N＋につき］

① 閉店につき、大セール

② 出入り口につき、駐車禁止

≫ セールのチラシや看板でよく使われることば

サマー／ウインターセール 夏季／冬季特賣		クリアランスセール 清倉大特賣
感謝セール 感謝優惠	本日 今日	～％引き 折～％
店内全商品 店内全商品	～点 ～件	期間限定 期間限定
大特価 大特價	お買い得 划算、買到賺到	

やってみよう

店のチラシや看板に書いてある情報を見て、お得な情報を集めましょう。

4　使ってみよう　

> ア…アンナ　　店…店員
>
> ア：すみません。
>
> 店：いかがですか。
>
> ア：ちょっと裾が長いので、短くしてもらえませんか。
>
> 店：はい、かしこまりました。
>
> ア：あのう、どのくらい時間がかかりますか。
>
> 店：そうですね。いつもは1時間くらいなんですが、今日は混んでいるので、2時間ほど待っていただいているんですが……。
>
> ア：2時間ですか。じゃ、今、3時だから、5時になるということですね。
>
> 店：ええ。5時以降になります。
>
> ア：そうですか。あのう、ちょっと急いでいるので、4時ごろに受け取ることはできないでしょうか。
>
> 店：お急ぎのときには、特別料金をいただくことになっているんですが……。
>
> ア：あ、いくらですか。
>
> 店：特別料金は200円いただいています。
>
> ア：そうですか。じゃ、お願いします。

1.　＿＿＿＿ということだ

① A　　　　　　　　　：あのう、土曜日の札幌行きの飛行機を予約できますか。

インフォメーションの人：土曜日なので、あいにくキャンセル待ちの方が多くて……。

A　　　　　　　　　：そうですか。今からでは予約できないということですね。

インフォメーションの人：ええ、申し訳ありません。今からだとちょっと難しいと思います。

② A：土曜日の花火大会、楽しみだね。

　　B：そうだね。でも、土曜日、雨が降ったら延期するって。

　　A：えっ。延期？　じゃ、雨が降ったら、日曜日になるっていうこと？

　　B：うん。

2. ～でしょうか　[普通形(ナA／N)＋でしょうか]

① A　　：この靴の修理をお願いしたいんですが……。

　　店員：はい。

　　A　　：どのくらい時間がかかるでしょうか。

　　店員：5分くらいでできますよ。

② 店員：はい、レストランさくらです。

　　A　　：すみません、そちらへ行きたいんですが、駅からの道を教えてもらえ
　　　　　ないでしょうか。

≫ 店の人にやわらかく希望を伝えるときに使える表現

もう少し もっと	～たいんですが ～てほしいんですが ～てもらいたいんですが ～てもらえると助かるんですが ～ことができないでしょうか
できれば、～	

やってみよう

店の人に配達を頼んでください。

A あなたはテーブルを買いに来ました。持って帰ることができないので、
店の人に配達を頼んでください。1人でテーブルを組み立てるのは大
変なので、お店の人に組み立ててもらいたいと思っています。

B あなたは家具屋の店員です。お客さんがテーブルを買いました。お客さ
んの希望を聞いてください。テーブルを組み立てるのに500円かかります。

日本ではお正月に「福袋」が売られると聞いて、私は楽しみにしていました。5,000円の福袋だったら、5,000円以上の品物が入っていて、とてもお得です。今年のお正月、私は以前、雑誌で見たブランドの服の福袋を買いに行きました。1時間並んで、5,000円の福袋を買いました。中にきっといい物が入っている<u>はずだ</u>と思って、急いで家へ帰りました。開けてみると、フリーサイズだと書いてあったのに、サイズが全然合いませんでした。デザインも高校生ぐらいの人<u>向け</u>で、私が好きなデザインじゃありませんでした。私が買った服をルームメイトが見て、ほしいと言ったので、全部あげました。日本人の友達にこの話をしたら、福袋を買ったあとで他の人と中身を交換する人たちもいると言っていました。来年は私もやってみようと思います。

1. 〜はずだ ［普通形(ナＡな・ナＡである／Ｎの・Ｎである)＋はずだ］

① Ａ：山口さんは日曜日のパーティーに来るかな？

　 Ｂ：行きたいって言っていたから、来るはずだよ。

② Ａ：誰かポスターに絵を描いてくれる人、知らない？

　 Ｂ：リーさんはどう？　絵の勉強をしていたから、上手なはずだよ。

2. 〜向け ［Ｎ＋向け］

①この辞書は小学生向けです。

② Ａ：その本、おもしろい？

　 Ｂ：うん。これは留学生向けに書かれているから、説明もわかりやすいし、振り仮名もあるから、読みやすいよ。

③最近、一人暮らし向けの家電は種類が多く、デザインもおしゃれになっている。

≫ 経験したときの気持ちを伝える表現

> 思ったより〜て、よかったです 　　〜わりに、〜
>
> 次も〜(よ)うと思います／また〜つもりです
>
> やっぱり／できれば今度こそ〜ないようにしようと思います
>
> 〜ので／〜ないように、〜たほうがいいです

やってみよう

クラスで買い物エピソード集を作りましょう。

食べたいものはあきらめない？

　この人たちは何をしていると思いますか。待ち合わせ？　タクシーを待っている？　これはラーメンを食べるために、並んでいる人の行列です。おいしいと評判のラーメンが食べたくて、2時間も並ぶことがあります。

　どうして人は並ぶのだと思いますか。

　「行列が長かったらその店は人気があるということだから、並んでみたい」「行列ができる店はテレビなどで紹介されていることが多いので、一度はその店で食べてみたい」「並ぶのが楽しいから」など、いろいろな答えがあります。

　人が並んでいるのを見たとき、それを見た人は何だろう、何かいいことあるのかな、と思います。そして、自分もその行列に加わると、人と同じことをしているという安心感につながることもあるそうです。このような行動は地域によっても違いが見られます。行列に加わるのは関西の人より、関東の人のほうが多いとも言われています。

　お店の前に人が並ぶのは、外国の人にも強い印象を与えています。ある留学生が行列について次のような作文を書きました。

　「ある日、私も行列ができているレストランで30分以上並んで食べてみました。並んでいる間におなかがすいたからか、本当に味がいいからか、わかりませんが、思ったよりおいしいと感じました。それからは、テレビに出た店や行列ができている店に行って、買ったり食べたりするようになりました。行列に並んで自分の

順番を待つことに、おもしろさを感じ、日本に来たばかりのころとは違って、並ぶことに拒否感もなくなりました」

　このように、人はさまざまな理由で行列に並ぶようですが、人が並んでいる店は本当においしいのでしょうか。自分の舌で確かめるのが一番よさそうです。

● 1.人は行列を見たとき、どう思いますか。
● 2.作文を書いた留学生は、行列に並ぶことをどう思っていますか。
■ 皆さんはこのような行列に並んだことがありますか。それはどうしてですか。
　クラスメイトと話してみてください。

==== ことば ====

行列-する 排隊 ぎょうれつ	**評判** 評價 ひょうばん	**加わる** 參加 くわ
〜感(安心感) 〜感(安心感) かん あんしんかん	**つながる** 聯繫	**関西** 關西 かんさい
印象 印象 いんしょう	**ある〜(ある留学生)** 某位〜(某位留學生) りゅうがくせい	
思ったより 比我想得更〜 おも	**拒否-する** 拒絕 きょひ	**舌** 舌頭 した

53

友達と一緒に買い物や食事に行って、楽しい時間を過ごしましょう。

1. 買い物や食事に行く前に、店やレストランのお得情報を探しましょう。どんな
   ところにどんな情報があるか、まとめてみましょう。

2. 探した店やレストランへ行きましょう。探した情報の中で聞きたいことがあ
   ったら、店の人に聞いてみましょう。

3. 行った店やレストランのサービスについてコメントを書いて、他の人に紹介し
   ましょう。

ことば

1

1. グルメばんぐみ	グルメ番組	美食節目
2. ランチ		午餐
3. リポーター		記者
4. やっと		終於、好不容易
5. メイン		主菜
6. グラタン		脆皮焗烤菜餚
7. おまたせいたしました	お待たせいたしました	讓您久等了
8. シェフ		主廚
9. アナウンサー		廣播員
10. このみ	好み	喜好
11. さまざま(な)		各式各樣(的)
12. マナー		禮節
13. ことなる	異なる	不同

2

1. おやくだちじょうほう	お役立ち情報	有用資訊
2. クーポン		折價券
3. サイト		網站
4. よさん	予算	預算
5. けんさく-する	検索-する	搜尋
6. くちコミ	口コミ	口耳相傳

7. かんそう	感想	感想、心得
8. ひかく-する	比較-する	比較
9. コメント-する		評論、解説
10. さんこう	参考	参考
11. しゃしんたて	写真立て	相框
12. アドレス		地址
13. とうろく-する	登録-する	註冊
14. バーゲン		特賣
15. あんぜん（な）	安全（な）	安全（的）

3

1. メーカー		製造者
2. しな	品	物品、產品
3. てにはいる	手に入る	拿到手
4. おかいどく	お買い得	划算、買到賺到
5. おかいあげ	お買い上げ	購買
6. じかい	次回	下次
7. メンズ		男性的
8. バッグ		包
9. らいてん-する	来店-する	光臨商店
10. おうぼ-する	応募-する	應募

11. こくない	国内	國內
12. ざいじゅう-する	在住-する	(現在)居住
13. へいてん-する	閉店-する	歇業、倒閉
14. でいりぐち	出入り口	出入口
15. ちゅうしゃ-する	駐車-する	停車
16. かんばん	看板	(商店)招牌

4

1. しちゃく-する	試着-する	試穿
2. すそ	裾	衣服下擺
3. ～ほど(にじかんほど)	～ほど(2時間ほど)	約～(約2小時)
4. うけとる	受け取る	接收
5. ～いこう(よじいこう)	～以降(4時以降)	以後
6. あいにく		不巧
7. キャンセル-する		取消
8. えんき-する	延期-する	延期
9. くみたてる	組み立てる	組織、裝配
10. かぐ	家具	家具

1. しっぱい-する	失敗-する	失敗
2. ふくぶくろ	福袋	福袋
3. しなもの	品物	物品、商品
4. ブランド		品牌
5. フリーサイズ		單一尺寸
6. あう(サイズがあう)	合う(サイズが合う)	適合(尺寸適合)
7. なかみ	中身	内容
8. ふりがな	振り仮名	漢字旁的假名注音
9. かでん	家電	家電用品
10. エピソードしゅう	エピソード集	軼聞趣事集錦

第3課
<ruby>第<rt>だい</rt></ruby>　<ruby>課<rt>か</rt></ruby>

時間を生かす

話してみよう

1　見つけた！

時間の使い方について考えているとき、時間の有効（ゆうこう）な使い方について書いて
ある記事（きじ）を見つけました。

朝活（あさかつ）しよう！

　いろいろなことをしたいんだけど、勉強も仕事も忙（いそが）しくて時間がな
い、1日は24時間、もうこれ以上他（ほか）のことはできるはずがないと思って
いるあなた。朝は出かける前の準備（じゅんび）だけだなんて、もったいない！
朝の時間を有効（ゆうこう）に使って運動（うんどう）や勉強などをしてみませんか。それが朝（あさ）
活（かつ）です。朝活（あさかつ）をしている人の声を紹介（しょうかい）します。

運動（うんどう）するなら、朝が一番！

「1時間の自転車（じてんしゃ）通学は、運動不足（うんどうぶそく）も解消（かいしょう）されるし、健康（けんこう）
になります。特（とく）に朝は気持ちがいいのでお勧（すす）めです」
　　　　　　　　　　　　　　　　　（20歳／大学生／男性（だんせい））

「『早起（はやお）きは三文（さんもん）の徳（とく）』って本当ですね。朝は早ければ早い
ほど、空気がきれいで気持ちがいいです。人が少ない早朝（そうちょう）
はジョギングにぴったりです」　　　（22歳／会社員／女性（じょせい））

キャリアアップのために

「週に2回、出勤（しゅっきん）前に英語（えいご）の講座（こうざ）に通っています。
短い時間だけど集中（しゅうちゅう）してやれるのがいいです」
　　　　　　　　　　　　　　　　　（24歳／会社員／女性（じょせい））

「仕事に出かける前の30分、新聞をしっかり読み
ます」　　　　　　　　（26歳／アルバイト／男性（だんせい））

　無理（むり）しないで、まずできることから試（ため）してみたらいいかもしれませ
ん。明日からでも自分に合った朝活（あさかつ）を始めてみませんか。

● 1. 朝活（あさかつ）とは何ですか。
● 2. 筆者（ひっしゃ）は何がもったいないと言っていますか。
■ あなたがしてみたい朝活（あさかつ）はどんなことですか。

1 時間の使い方について書かれた雑誌の記事を読んで、情報を得ることができる。

2 生活のリズムについて友達の話を聞いて、どんな工夫をしているか知ることができる。

3 今の時間を将来の目標を実現するための時間として、どのように活用しているか周りの人と共有することができる。

4 日本の生活を充実させるために、何かしている人から情報を得ることができる。

2 耳でキャッチ　　A 09

生活のリズムについて友達が話しています。

● マルコさんは毎週金曜日の夕方、何をしていますか。

3 伝えてみよう　　A 10

自分が将来なりたいものや、したいことのために、時間をどのように使っているか、また何をしているか話してください。

4 こんなときどうする？　　A 11

日本の生活がもっと楽しくなるように友達に情報をもらってください。

A あなたは日本の生活をもっと楽しみたいと思っています。Bさんは何か習い事をしているようです。Bさんにいろいろ話を聞いてください。あなたは日本にいる間にしかできないことを経験したいと思っています。

B Aさんの話を聞いてください。あなたは日本へ来てから公民館で太鼓を習っています。そして、Aさんを太鼓教室に誘ってください。太鼓教室は毎週土曜日午後にあります。

1 使ってみよう

1.～はずがない ［普通形(ナＡな・ナＡである／Ｎの・Ｎである)＋はずがない］

① 中野さんは勉強も仕事も忙しいので、他のことはできるはずがない。

② 中野さんは何回も来たことがあるから、この場所を知らないはずがない。

2.～なんて ［普通形{ナＡ(だ)／Ｎ(だ)}＋なんて］

① 朝は寝ているだけだなんて、もったいないと思いませんか。

② 初心者が１人で登山だなんて、危険過ぎる。

③ Ａ：もしもし、今どこ？

　 Ｂ：えっ？　家にいるけど、何か約束してた？

　 Ａ：信じられない。私との約束を忘れるなんて！

3.(～ば)～ほど

　　［(Ｖ-条件形)Ｖ-辞書形＋ほど］

　　［(イＡければ)イＡい＋ほど］

　　［{ナＡなら(ば)・ナＡであれば}ナＡな・ナＡである＋ほど］

　　［{Ｎなら(ば)・Ｎであれば}Ｎである＋ほど］

① 朝は早ければ早いほど空気がきれいで、ジョギングが楽しめます。

② 山頂に近づけば近づくほど眺めがよくなります。

③ 旅行に行くときは、荷物は軽いほどいい。

4.～でも ［Ｎ(＋助詞)＋でも］

① 明日からでも自分に合った朝活を始めてみましょう。

② Ａ：ちょっと一休みしたいですね。

　 Ｂ：そうですね。コーヒーでも飲みましょう。

③ Ａ：週末、どこか遊びに行かない？

　 Ｂ：そうだね、遊園地にでも行こうか。

≫ 時間の使い方に関係があることば

時間を　　活用する／生かす／有効に使う／節約する／浪費する／無駄にする
活用／運用／有効利用／節省／浪費／白費時間

≫≫ 時間の使い方や大切さを表すことわざ

時は金なり 時間就是金錢	歳月人を待たず 歳月不待人
鉄は熱いうちに打て 打鐵趁熱	善は急げ 好事不宜遅
光陰矢の如し 光陰似箭	急がば回れ 欲速則不達

やってみよう

時間の有効な使い方について紹介している他の記事を読みましょう。

2 使ってみよう　A 09

パ…パク　ア…アニル　マ…マルコ

パ ：ねえ、1週間ってあっという間に過ぎちゃうよね。何かしよう
　　と思っているだけで終わっちゃう。

ア ：僕もそうだよ。ちゃんとしようと思うんだけど、だらだら過ご
　　してしまうんだ。マルコさんはどう？

マ ：僕はね、金曜日の夕方、いつも同じ喫茶店に行って、1人でコ
　　ーヒーを飲みながら、この1週間、いつ、どこで、何をしたかを
　　振り返ることにしているんだ。これ、結構いいよ。

パ ：へえ、そんなことしてるんだ。

マ ：うん。前の週を振り返ると、次の1週間をどういうふうに過ご
　　したらいいか頭に浮かんできてね。そしてそれを手帳にメモ
　　しておくと、役に立つんだ。

パ／ア：へえ。

マ ：それに、1週間を振り返ることで気持ちが落ち着いて、「また、
　　次の1週間頑張ろう」って思うんだ。

ア ：いいね。僕もやってみようかな。

1.こんな～／そんな～／あんな～／どんな～　[こんな＋N]

① A：これは『風の中のマリア』っていう本なんだけど、こんなおもしろい本、
　　　　今までに読んだことがないよ。

　　B：へえ。私も読んでみたい。

② A：昨日の店の料理、おいしかったね。

　　B：そうだね。あんなおいしい料理、なかなか他では食べられないよね。

③ A：この間、パーティーに来ていたアンジェラさんって、国ではプロの歌手
　　　　なんだって。

　　B：アンジェラさん？　そんな名前の人、いた？

2.～ふうに

　　[こんな／そんな／あんな／どんな／こういう／そういう／ああいう／どういう＋ふうに]

① A：先生、トマトの皮が上手にむけないんです。

　　B：じゃあ、わたしのやり方をよく見てて。こんなふうにすればいいんで
　　　　すよ。

② どういうふうに説明すれば、子どもにもわかりやすいだろう。

3.　～ことで　[V／イA／ナAの普通形(ナAな)＋ことで]

① 毎朝、家を出る時間を10分早くしたことで、気持ちにも余裕ができた。

② 寝る前に日記を書くことで、毎日の生活を見直しています。

≫ 生活のリズムのためにしている工夫について話すときの表現

～（よ）うと思って、 ～ために、 ～て／～ないで、	～ようにしています ～ことにしています
～ことで、 ～と、	～（ら）れます ～やすくなります／～にくくなります ～く／～に／～ようになります ～に役に立ちます／困りません

やってみよう

生活のリズムを管理する方法について、他の人の話を聞きましょう。

3 使ってみよう Ⓐ10

> 　私は将来パティシエになりたいと思っています。日本にはおいしい
> ケーキ屋さんがたくさんあるので、日本にいる間にいろいろな種類の
> ケーキを食べて味を覚えておこうと思います。週末はできるだけいろ
> いろなお店に行って、おいしそうだ<u>なあ</u>と思ったケーキを食べること
> にしています。ケーキの写真を撮って味の感想をメモします。ときど
> きお店の方に作り方を聞く<u>こともあります</u>。そんな方法で勉強するの
> はとても楽しいです。今まで20くらいのお店に行きました。集めた情
> 報は、私<u>にとって</u>大切な宝物です。これからもいろいろなお店に行っ
> てみようと思います。

1.＿＿＿＿なあ

① おなかすいたなあ。朝からまだ何も食べていないんだ。

② Ａ：この絵、誰が描いたの？

　 Ｂ：私。

　 Ａ：いいなあ、絵が上手で。

2.〜ことがある／〜こともある　[V-辞書形・ナイ形ない＋ことがある]

① Ａ：最近手紙を書くことがありますか。

　 Ｂ：最近はほとんどメールですね。

② 毎朝7時のニュースを見ていますが、たまに寝坊して見ないこともあります。

3.〜にとって　[N＋にとって]

① 通勤電車に乗っている時間は、私にとって本を読むための貴重な時間です。

② 忙しい人にとって24時間開いているスーパーは便利だ。

>>> 将来のことを考えて準備していることを伝える表現

～ために、	～ことにしています
～を考えて、	～ておこうと思います
～からこそ、	～てみるつもりです

やってみよう

将来のための時間の使い方についてまとめましょう。

4 使ってみよう

ア…アニル　ワ…ワン

ア：ワンさん、何か習い事をしてるって聞いたんだけど、何をしてるの？

ワ：日本の太鼓を習ってるんだ。

ア：へえ。太鼓？　おもしろい？

ワ：うん、おもしろいよ。アニルさんも何か習い事したいと思ってるの？

ア：うん、そうなんだ。せっかく日本にいることだし、ワンさんみたいに日本でしかできない習い事がやれたらなあと思ってるんだ。よかったら、どんなことをしてるか教えてくれない？

ワ：うん、いいよ。だったら一度、私と一緒に行かない？　実際にやってみればよくわかるよ。

ア：ええっ？　やってみるって……でも、楽器ってやったことないし、僕には難しいんじゃない？

ワ：ああ、大丈夫だよ。誰でも最初は難しいから心配しなくていいよ。

ア：そっか、いつ練習してるの？

ワ：毎週土曜日の午後、公民館でやってるんだ。先生が丁寧に教えてくれるよ。

ア：ふうん、どんな人が習ってるの？

ワ：いろいろだよ。若い人もお年寄りも私みたいな留学生もいるよ。

ア：へえ、おもしろそうだね。じゃあ、今週の土曜日に行ってみようかな。ワンさん、よろしくお願いします！

ワ：はーい。

1.～ことだし ［普通形(ナＡな・ナＡである／Ｎの・Ｎである)＋ことだし］

① Ａ：Ｂさん、昼ご飯どうする？

 Ｂ：そうだね。お天気もいいことだし、お弁当を持って行って公園で食べ
ない？

② Ａ：Ｂさん、今日これから飲みに行かない？

 Ｂ：うん、いいねえ。試験も終わったことだし。

2.～てくれない？／～てくれる？ ［Ｖ-テ形＋くれない？］

① Ａ ：筆箱、忘れちゃったんだ。悪いけど、ペン貸してくれない？

 Ｂ ：いいよ。これ、使って。

② 店長：ビールとグラスは冷蔵庫に入れて冷やしておいてくれる？

 店員：はい、わかりました。

3.～じゃない？／～んじゃない？

 ［ナＡ／Ｎ＋(なん)じゃない？］［イＡい／Ｖ-普通形＋んじゃない？］

① Ａ：田中くん、昨日の晩、風邪ひいて熱があったみたいだから、今日は学校
休むんじゃない？

 Ｂ：そうだね。あとで電話してみるよ。

② Ａ：あそこにいる人、大川先生じゃない？

 Ｂ：あ、ほんとだ。声をかけてみようか。

≫ 自分がしたいことについての情報を友達にもらうときの表現

～たいと思っているんだけど	～たらいいなあと思っているんだ
～って聞いたんだけど	
どこで／どうやって～たらいいの？	どこか～ができるところ知らない？
どこで／どうやって～たらいいか教えてくれない？	
どこで～ができるか教えてくれない？	

やってみよう

楽しそうなことをしている人、自分がしたいことをしている人に詳しく情報
をもらいましょう。

効率アップ！　時間管理法
こうりつ　　　　　かんりほう

　時間はあっという間に過ぎてしまうのに、やらなければならないことは少しも
　　　　　　　　　　ま　す
減っていないということはありませんか。
へ

　最近注目されているのが、タイマーを活用して、時間を有効に使う方法です。
さいきんちゅうもく　　　　　　　　　　かつよう　　　　　　　　　ゆうこう　　　　ほうほう
仕事や勉強の集中力アップに役立ちそうです。タイマーを使う方法の一つ、「ポモ
　　　　　しゅうちゅう　　　　　やくだ　　　　　　　　　　　　　　　ほうほう
ドーロテクニック®」を紹介します。
　　　　　　　　しょうかい

　まず、紙にやらなければならないことのリストを書きます。そして、25分間集
　　　　　　　　　　　　　　　　　　　　　　　　　　　　　　　　　　　しゅう
中したら、5分休憩します。これを4回繰り返したら長めの休憩(15〜30分ぐらい)
ちゅう　　　きゅうけい　　　　　　　　くかえ　　　　　　　　きゅうけい
を取ります。やらなければならないことが終わったら、リストから消していきます。
と　　　　　　　　　　　　　　　　　　　　　　　　　　　　　　け

　このやり方には、次のような利点があります。
　　　　　　　　つぎ　　　　りてん

①終了のアラームが鳴るまでは、一つのことに自分を集中させることができます。
　しゅうりょう　　　な　　　　　　　　　　　　　　しゅうちゅう
　ついスマートフォンを触ったりして、気が付くと関係ないことをしていたとい
　　　　　　　　　　さわ　　　　　　　き　　　　　かんけい
　うことがなくなります。そして、決まった時間集中したら、しっかり休憩する
　　　　　　　　　　　　　　　き　　　　しゅうちゅう　　　　　　　きゅうけい
　というリズムができます。

②自分がどれだけ頑張ったかが、回数で見えるようになります。しかも、紙に書
　　　　　　　がんば　　　　　かいすう
　いた、やらなければならないことが減っていくので、やる気が出ます。
　　　　　　　　　　　　　　　　へ

③慣れてくると、一つの仕事や勉強にどれだけ時間がかかるかわかってくるので、
　な
　1日のスケジュールが立てやすくなります。

　使うタイマーは、キッチンタイマーでもパソコンやスマートフォンのタイマー
設定でもOKです。ただ、パソコンやスマートフォンのタイマーはメールの受信
せってい　　　　　　　　　　　　　　　　　　　　　　　　　　　　　　じゅしん

などに気が散ってしまうかもしれないので注意が必要です。

　最近勉強が進んでいない、集中できないと感じていたら、この方法を試してみてはどうでしょうか。

（ポモドーロテクニックはフランチェスコ・チェリーロの登録商標です）

●1. 書いてあるようにタイマーを活用して勉強や仕事をすると、どのような利点がありますか。

●2. 注意が必要なタイマーは何ですか。どうして注意が必要ですか。

■あなたの勉強や仕事の集中力アップの方法を話してください。

3

== ことば ==

効率　効率	アップ-する　提高、上漲	管理-する　管理
～法（管理法）　～法（管理法）	少しも　一點也不	注目-する　關注
タイマー　計時器、碼表	活用-する　活用	～力（集中力）　～力（集中力）
テクニック　技巧	リスト　名單、一覧表	繰り返す　反覆
長め　稍長	利点　優點	終了-する　結束、完成
アラーム　鬧鈴	鳴る　響	つい　不由得、無意中
スマートフォン　智慧型手機	関係　關係	どれだけ　有多少
回数　次數	しかも　並且、而且	～気（やる気）　心情（幹勁）
立てる（スケジュールを立てる）　規劃（規劃行程）	ただ　但	キッチン　廚房
設定-する　設定		受信-する　接收
気が散る　心不在焉		

■■ できる！

自分の今の生活を振り返りましょう。そして、足りないと思っていることやもっとやりたいと思っていることをするのにはどうすればいいか考えましょう。

例) 自分がどのように時間を使っているか表を作って振り返りましょう。

1. 最近、平日と週末でやっていることを時間ごとに色分けして記入しましょう。
2. 表を書いていて気が付いたこと、続けたいと思ったこと、変えたいと思ったことがありますか。それはどんなことですか。気が付いたこととこれからの時間の過ごし方を書きましょう。
3. クラスメイトとお互いの表を見ながら話しましょう。

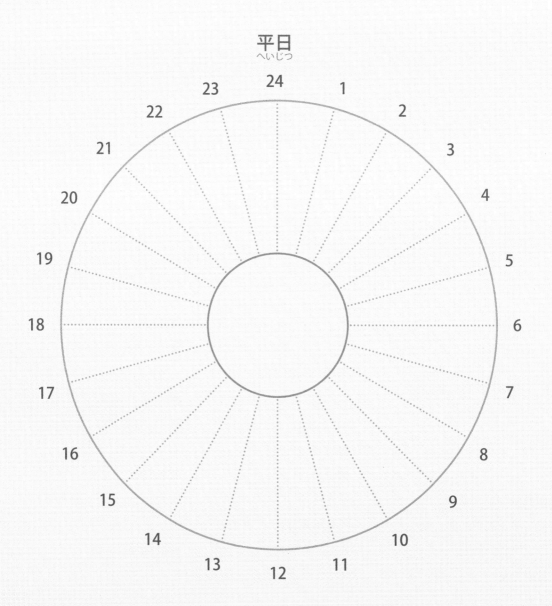

平日
へいじつ

休日
きゅうじつ

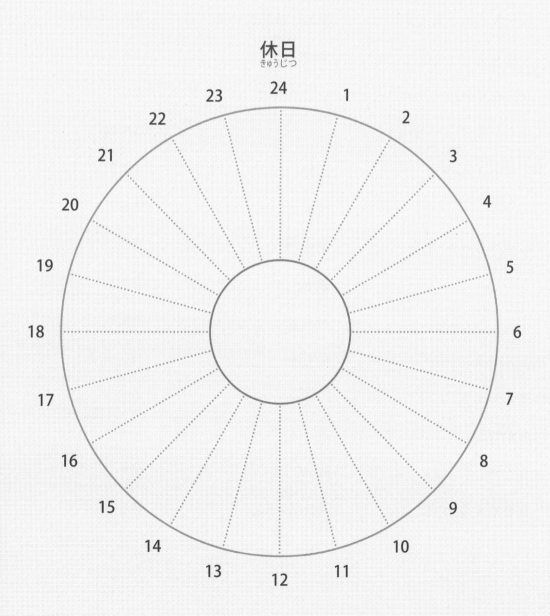

ことば

1

1. ゆうこう（な）	有効（な）	有效
2. きじ	記事	（報章雜誌的）報導
3. あさかつ	朝活	晨間活動
4. もったいない		浪費的
5. かいしょう-する	解消-する	解決
6. はやおきはさんもんのとく	早起きは三文の徳	早起的鳥兒有蟲吃
7. そうちょう	早朝	清晨
8. ぴったり（な）		合適
9. キャリアアップ-する		增廣見聞
10. しゅっきん-する	出勤-する	上班
11. こうざ	講座	講座
12. しゅうちゅう-する	集中-する	集中
13. ひっしゃ	筆者	筆者
14. しょしんしゃ	初心者	初學者
15. しんじる	信じる	相信、確信
16. さんちょう	山頂	山頂
17. ちかづく	近づく	接近
18. ながめ	眺め	風景
19. ひとやすみ-する	一休み-する	休息一下

2

1. リズム		節奏
2. あっというま	あっという間	瞬間
3. すぎる(じかんがすぎる)	過ぎる(時間が過ぎる)	經過(時間經過)
4. だらだら		悠閒地、懶散地
5. ふりかえる	振り返る	回顧
6. けっこう	結構	相當
7. うかぶ(あたまにうかぶ)	浮かぶ(頭に浮かぶ)	浮現(腦海裡浮現)
8. てちょう	手帳	筆記本、手冊
9. メモ-する		筆記
10. おちつく	落ち着く	平靜、沈著
11. よゆう	余裕	餘裕
12. みなおす	見直す	重新考慮
13. また		又、再

3

1. たからもの	宝物	寶物
2. たまに		偶爾
3. つうきん-する	通勤-する	上下班
4. きちょう(な)	貴重(な)	寶貴
5. まとめる		歸納

4

1. たのしむ	楽しむ	享樂
2. ならいごと	習い事	習藝、要學的事項
3. こうみんかん	公民館	公民館
4. たいこ	太鼓	太鼓
5. せっかく		難得
6. だったら		既然那樣
7. じっさいに	実際に	實際地
8. ふでばこ	筆箱	鉛筆盒
9. わるいけど	悪いけど	不好意思
10. グラス		玻璃杯
11. かける（こえをかける）	かける（声をかける）	搭話（打招呼）

4

第4課
地域を知って生活する

4

話してみよう

チャレンジ！

1　耳でキャッチ　　A-12　A-13

友達と一緒に近くの図書館へ来ました。本を借りようと思いましたが、貸し出しカードを持って来るのを忘れました。それで、窓口の人に今日借りられるかどうか聞いています。

● 1. 今日、この人は貸し出しカードがなくても、本が借りられますか。
● 2. どうしてですか。
■ 図書館を利用していますか。

2　こんなときどうする？　　A-14　A-15

アパートの管理人さんに困っていることを説明して、解決してほしいと頼んでください。CD（A-14）を聞いて会話を続けてください。

> **A** 隣の部屋の人がいつも夜遅く大きな音で音楽を聞いています。その時間、あなたはいつも勉強しているので、困っています。自分からは隣の人に話しにくいです。管理人さんに困っていることを説明して、隣の人に言ってもらえないか頼んでください。

> **B** あなたはアパートの管理人です。今、アパートに住んでいるAさんが相談に来ました。Aさんの話を聞いて、最後に「私からその部屋の人に話してみます」と言ってください。

1 施設を利用するのにわからないことがあったとき、職員の説明を聞き取ることができる。
2 困っていることを管理人に説明し、解決してもらえるように頼むことができる。
3 地域にある施設の利用案内を読んで情報を得ることができる。
4 よく利用する施設の様子や特徴（便利な点、設備…）などについて紹介することができる。
5 電話で道順をメモしながら行き方を知ることができる。

3 見つけた！

最近、運動不足なので、近くにあるスポーツセンターを利用したいと思って、スポーツセンターのホームページを見ています。

スポーツセンターへようこそ　　　　　　〈利用案内〉

■トレーニングルームの利用について

市内に在住・在勤・在学の方ならどなたでも利用できます。
トレーニングルームを利用するには、講習を受けてください。
器具の使い方などを説明します。

※トレーニングルームご利用経験の有無にかかわらず、
　講習は必ずお受けください。

■スポーツ教室

初心者の方にも親切に指導します。

● 通年教室　　　　　　　　　● 定期教室

　何月からでも始められます。　　3か月（10回）の教室です。
　水泳、ヨガ、卓球、…　　　　　空手、テニス、バレーボール、…（定員：各20人）

※どの教室も定員になり次第、受付を終了します。
※シューズは持参してください。

● 1. トレーニングルームはすぐ利用できますか。
● 2. スポーツ教室に入りたいです。受付はいつ終わりますか。
■ スポーツセンターを利用したことがありますか。

4 伝えてみよう　　　　　　Ⓐ16

利用したことがある施設のよさ（様子や特徴…）を説明しながら周りの人に紹介してください。

5 耳でキャッチ　　　　　　Ⓐ17 Ⓐ18

友達と文化センターへ行こうと思いましたが、場所がわかりません。電話をかけて行き方を聞きます。

● 文化センターはどこにありますか。85ページの地図で確認してください。
■ 行き方の説明を聞くとき、どんなことに注意して聞きますか。

1 使ってみよう　🅐12

> 　　　　　　　　　　　山…山口　　　図…図書館員　　　ナ…ナタポン
>
> 山：あのう、貸し出しカードを忘れてしまったんですが、今日は借りられませんか。
>
> 図：何かご住所やお名前がわかる物をお持ちですか。それがあれば借りられますが。
>
> ナ：何かある？
>
> 山：ええと、住所と名前、ですか。
>
> 図：ええ、カードがない場合、ご本人かどうか確認することになっていますので。例えば、保険証とか学生証とか、ご自宅に届いた郵便物でもかまわないんですが。
>
> 山：いいえ。今日は何も持ってないんです。
>
> 図：そうですか。すみませんが、ご住所が確認できないことには貸し出しはできないんですよ。
>
> 山：そうですか。わかりました。じゃ、また明日来ます。

1. お・ご～です／お・ご～でしょう　[お＋V-マス形＋です][ご＋N＋です]

① 不動産屋：どのようなお部屋をお探しでしょうか。

　　A　　　：ええと、駅に近くて、日当たりがいい部屋がいいんですが。

② コンビニの店員：お箸をご利用ですか。

　　A　　　　　　：いいえ、いいです。

2. ～場合　[普通形（ナAな／Nの）＋場合]

① パスワードを3回間違えた場合、新しいパスワードの登録が必要です。

② 雨の場合、運動会は中止になります。

3. ～ないことには～ない

　　[V-ナイ形／イAく／ナAで／Nで＋ないことには～ない]

① 靴は実際にはいてみないことには、サイズが合うかどうかわかりません。

② 経験者でないことには、この仕事をうまくやることはできないだろう。

≫≫ 施設の利用方法の説明で使われることば・表現
しせつ　　り　ほうほう　　せつめい　　つか　　　　　　　　　　ひょうげん

身分証明書 身分證　　運転免許証 駕照　　印鑑 印章・印鑑　　利用者 使用者
みぶんしょうめいしょ　　　うんてんめんきょしょう　　　　いんかん　　　　　　　　　り　ようしゃ

本人 本人　　　　　　代表者 代理人　　　連絡先 聯絡方式　　使用料 使用費
ほんにん　　　　　　　　だいひょうしゃ　　　　　　れんらく　　　　　　　　　　　りょう

登録-する 註冊　　　記入-する 輸入　　　支払う 支付
とうろく　　　　　　　　きにゅう　　　　　　　　　しはら

～することになっています　　　　　　　～ば～できます

～で結構です　　　　　　　　　　　　　～てかまいません
　　けっこう

～ないように気を付けてください
　　　　　　　つ

やってみよう　　　　　　　　　　　　　　　　　　　Ⓐ 13

公民館の会議室を借りるために予約を取りに来ました。職員の説明を聞きま
こうみんかん　かいぎしつ　か　　　　　　　よやく　　と　　　　　　　しょくいん
しょう。

2　使ってみよう　　　　　　　　　　　　　　　　　Ⓐ 15

ア…アンナ　　管…管理人
かんりにん

ア：あのう、ちょっとご相談したいことがあるんですが……。
　　　　　　　　　　　そうだん

管：はい、どうしたんですか。

ア：実は、毎晩隣の203号室から大きな音が聞こえてくるんです。ゆう
　　じつ　　まいばんとなり　　ごうしつ
　　べも勉強しようとしたら、大きな音が聞こえてきたので……。

管：それは困りますね。
　　　　　こま

ア：音楽を聞いているみたいなんですが……。

管：そうですか。

ア：勉強にも集中できないので、夜は音を小さくしてほしいんです。で
　　　　　　しゅうちゅう
　　きたら、管理人さんから話していただきたいんですが……。
　　　　　かんりにん

管：わかりました。じゃ、私から話してみますね。

ア：すみません。よろしくお願いします。

79

1. 〜たいことがあるんですが 🍡

① A：あのう、お願いしたいことがあるんですが……。

　　B：はい、何でしょうか。

② A：すみません。ちょっとお伺いしたいことがあるんですが……。

　　B：はい。

2. 〜（よ）うとする　［V-意向形＋とする］

① A：もしもし。

　　B：もしもし。今ちょうど電話しようとしてたんだよ。

② さっき部屋に入ろうとしたとき、管理人さんに声をかけられました。

③ A：眠そうだね。

　　B：ゆうべは眠ろうとすればするほど、眠れなくなって、あまり寝てないんだ。

④ 忘れようとしても忘れられない思い出がある。

3. 〜みたいなんですが／〜ようなんですが 🍡

① A　　：2階の通路の電気が切れているみたいなんですが……。

　管理人：あ、そうですか。すみません。取り換えときますね。

② A　　：あのう、午前中に来る予定の荷物がまだ届いていないようなんです

　　　　　けど……。

　社員：そうですか。すぐに確認します。

4. 〜ていただきたいんですが 🍡

① A　　：すみません、管理人さん。このお知らせの内容がよくわからないの

　　　　　で、教えていただきたいんですが。今いいですか。

　管理人：いいですよ。どこですか。

② A　　　：田中先生に授業に遅れると伝えていただきたいんですが。事故

　　　　　で電車が止まっているんです。

　事務室の人：はい、わかりました。気を付けて来てください。

≫ 言い出しにくいことを言うときの表現

> あのう、ちょっと〜んですが　　実は、〜んですが
>
> 〜がちょっと……

やってみよう

困っていることを管理人さんに説明して解決を頼みましょう。（アパートの人の自転車の置き方、ごみの出し方など）

3　使ってみよう

1.〜には　[V-辞書形＋には]

① トレーニングルームを利用するには講習を受けてください。

② 本を借りるには、図書館利用者カードが必要です。

2.〜にかかわらず／〜にかかわりなく

[N＋にかかわらず]

[V-辞書形・ナイ形ない＋にかかわらず]

[イAい／ナA、イAい／ナA（対立する２語）＋にかかわらず]

① トレーニングの経験の有無にかかわらず、講習を受けてください。

② この交流会は、年齢、性別にかかわらず、興味のある方ならどなたでも参加できます。

③ パーティーに出席するしないにかかわりなく、31日までに返事をください。

＊ 天候・するしない・降る降らない・いい悪い・多い少ない・好き嫌い・上手下手、などと一緒に使うことが多い。

3.〜次第　[V-マス形＋次第]

① 定員になり次第、受付を終了します。

② 来週の予定が決まり次第、すぐお知らせします。

③ ご注文の商品が到着し次第、代金を送ってください。

≫≫ 施設の利用案内でよく見ることば
しせつ　　　　　あんない

休館日 閉館日 きゅうかんび	開館時間 開放時間 かいかん	閉館時間 閉館時間 へいかん
団体利用 團體使用 だんたい	個人利用 個人使用 こじん	利用者登録 使用者註冊 しゃとうろく
手続き 手續 てつづ	受付開始 開始接受辦理 うけつけかいし	受付終了 結束接受辦理 うけつけしゅうりょう
在住 居住・現居 ざいじゅう	在勤 在職 ざいきん	在学 在學 ざいがく

やってみよう

地域にある施設のホームページを見て、利用案内を読んでみましょう。
ちいき　　　　しせつ　　　　　　　　　　　　　　　　　　　　　あんない

4　使ってみよう
　　　　　　　　　　　　　　　　　　　　　　　　　　　　Ⓐ 16

> 　家の近くに公民館があります。そこのロビーは誰でも入ることがで
> こうみんかん　　　　　　　　　　　　　　　だれ
> きるので、ときどき学校から帰る途中、寄ってみます。ソファに座ると、
> とちゅう　よ　　　　　　　　　　　　すわ
> 広い窓から公園の緑を眺めることができます。また、ロビーをギャラ
> まど　　　みどり　なが
> リーとして使っていて、地域の人たちの作品が展示してあります。そ
> ちいき　　　　　　さくひん　てんじ
> こは温かい雰囲気で、私にとってほっとできる場所です。
> あたた　ふんいき
> 　2階にはパソコンが置いてあって、インターネットを利用したりDVD
> かい　　　　　　　　　　お
> を見たりできるようになっています。それに、卓球ができる部屋もあ
> たっきゅう　　　　へや
> って、ラケットを借りて誰でも卓球が楽しめます。私もときどき地域
> か　　　だれ　　たっきゅう　　　　　　　　　　　ちいき
> の人と卓球をしています。
> たっきゅう
> 　気軽に利用できる施設が近くにあるのは、とても便利です。近くに
> きがる　　　　　　しせつ
> ある公民館に一度行ってみてはどうでしょうか。
> こうみんかん

1. 〜途中（で）／〜途中（に）　［V-辞書形／Nの＋途中（で）］
　とちゅう　　　　とちゅう　　　　　じしょけい　　　　　とちゅう

① 昨日バイトに行く途中で、偶然、田中先生と会いました。
きのう　　　　　とちゅう　　ぐうぜん　たなか

② 木村さんは会議の途中で、急用のため部屋を出ていった。
きむら　　　　かいぎ　とちゅう　きゅうよう　　　へや

③ 駅から家に帰る途中に図書館があるので、よく利用している。
えき　　　　　とちゅう　としょかん

④ 通学の途中、ずっとイヤホンで日本語を聞いて勉強している。
つうがく　とちゅう

2. 〜を〜として [N₁をN₂＋として]

① この町では、小学校だった建物を公民館として使用している。

② 今日はワイングラスを楽器として使った音楽を聞きに行きました。

③ 試験の合格を目標として、夏休みに集中して勉強した。

>>> 施設のよさについて紹介するときの表現

誰でも利用できます　　〜が置いてあります　　〜が楽しめます 〜できるようになっています　　〜を〜として使っています

やってみよう

周りの人と情報を交換しましょう。

5　使ってみよう　　🅰17

職…職員　　パ…パク

職：はい、文化センターです。

パ：すみません。そちらへの行き方を教えていただけますか。

職：はい。どちらからいらっしゃいますか。

パ：さくら駅から行きたいんですが。

職：そうですか。さくら駅からは歩いて10分ぐらいです。駅の北口に
　　出てください。

パ：北口ですね。

職：はい。駅を背にして、スーパーと本屋の間の道をまっすぐ歩いてき
　　てください。100メートルぐらい進むと、交差点があります。

パ：はい。

職：角にデパートがある交差点です。その交差点を渡ると、その先に川
　　がありますから、橋を渡ってすぐ左に曲がってください。

パ：橋を渡って左ですね。

職：はい、そうです。左に曲がって、川に沿って200メートルぐらい歩
くと、右に灰色の建物が見えてきます。それが文化センターです。
斜め前にはコンビニがあるので、すぐわかります。

パ：灰色の建物ですね。わかりました。ありがとうございました。

1．～を背にして　[N＋を背にして]

① デパートの正面入り口を背にして、左斜め前にあるビルが郵便局です。
② 写真を撮りますから、そこの白い壁を背にして立ってください。

2．～に沿って／～に沿う／～に沿った　[N＋に沿って]

① 線路に沿って、桜の木が植えてあります。
② 会議で決めた方針に沿って、仕事を進めてください。
③ みんなの希望に沿った旅行プランを考えているところです。

≫ 道を案内するときに使うことば

横断歩道 斑馬線	踏切 平交道	突き当たり 盡頭
手前 跟前・面前	先 前面・前方	向かい 對面
斜め[前／後ろ] 斜〔前／後〕		
向かって[右／左] 面向(某處的)〔右邊／左邊〕		
向こう 對面・那邊	[右／左／向かい…]側〔右／左／對面…〕方、側	

84

やってみよう

友達が図書館への行き方を聞いています。会話を聞きましょう。
としょかん

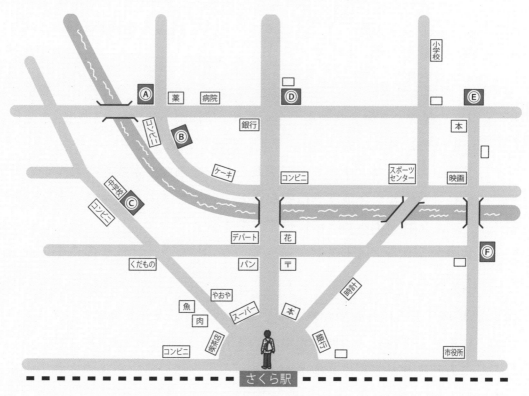

公共の施設を上手に使おう

皆さんは地域にある公共の施設を上手に使っていますか。公共施設なら無料か安い料金で楽しむことができます。せっかく安く使える施設が近くにあるのに、使わないのは損だと思いませんか。

例えば、文化センターや公民館などと呼ばれる施設では、さまざまな教室が開かれていて、定期的に参加者を募集しています。何かを習いたい場合は、自分に合った教室がないか調べてみましょう。また、無料で映画を上映する場合もあります。ロビーで無料のミニコンサートが開かれたり、絵画などが展示されていたりもします。貸しスペースや会議室を格安な料金で利用できる場合もあるので、仲間たちとイベントを計画するときには役に立ちます。さらに、公共の施設には手軽な料金で食事ができるレストランが入っていることも多く、散歩の途中で寄るのもいいですね。

また、地域にある博物館や資料館なども安くて楽しめる場所です。公共の博物館と聞くとまじめで難しい説明ばかりでつまらないと思うかもしれませんが、そんなことはありません。実は見学者が楽しめるようにいろいろ工夫されている施設が多いのです。

例えば、ある博物館では昔の町が作られていてタイムスリップしたような気持ちになれます。その他にも、科学の知識が増やせたり、芸術が鑑賞できたり、マニアが喜ぶ展示品があったり……。行ってみれば、詳しくわかりやすい解説に「なるほど」と納得できるでしょう。事前に申し込めば専門家の話を聞きながら、施設を回れたり体験活動ができたり、というサービスを行っているところもあります。専門家に教えてもらいながら、例えば和紙や織物が作れたら楽しいと思いませんか。

お休みの日に何をしようかなと迷ったら、身近な施設で楽しむのはどうでしょうか。住んでいる市町村のホームページやお知らせなどをチェックしてみましょう。

● 公共の施設のいい点は何ですか。

■ 皆さんの国には、どのような公共の施設がありますか。また、どのようなことができますか。

=== ことば ===

公共 公眾 <small>こうきょう</small>	**損（な）** 損失 <small>そん</small>	**定期的（な）** 定期的 <small>ていきてき</small>	
上映-する 上映、放映 <small>じょうえい</small>	**ミニ** 小型、迷你	**絵画** 繪畫 <small>かいが</small>	**スペース** 空間
格安（な） 廉價、格外便宜 <small>かくやす</small>	**仲間** 伙伴 <small>なかま</small>	**計画-する** 計畫 <small>けいかく</small>	**さらに** 更、甚至
工夫-する 下功夫、設法 <small>くふう</small>	**タイムスリップ-する** 時空穿梭	**科学** 科學 <small>かがく</small>
知識 知識 <small>ちしき</small>	**増やす** 増加 <small>ふ</small>	**芸術** 藝術 <small>げいじゅつ</small>	**鑑賞-する** 鑑賞 <small>かんしょう</small>
マニア 狂熱者、迷	**喜ぶ** 高興、欣喜 <small>よろこ</small>	**詳しい** 詳細 <small>くわ</small>	**解説-する** 解説 <small>かいせつ</small>
なるほど 原來如此	**納得-する** 理解、贊同 <small>なっとく</small>	**事前に** 事前 <small>じぜん</small>	**専門家** 專家 <small>せんもんか</small>
和紙 和紙、日本紙 <small>わし</small>	**織物** 紡織品 <small>おりもの</small>	**身近（な）** 身邊 <small>みぢか</small>	**市町村** 市町村 <small>しちょうそん</small>

できる！

地域にある便利な施設を調べて、利用しましょう。

1. どんなことがしたいですか。無料または安い料金で、それができるところを探してみましょう。

   （市や区のホームページやお知らせを見てみましょう）

2. 実際に行ってみましょう。

3. 見たり聞いたりしたことを報告し合いましょう。他の人の話を聞いて興味を持ったところに行ってみましょう。

4

ことば

1

1.	かしだし	貸し出し	借出
2.	ほんにん	本人	本人
3.	たとえば	例えば	例如
4.	じたく	自宅	自家
5.	ゆうびんぶつ	郵便物	郵件
6.	かまわない		沒關係
7.	ひあたり	日当たり	向陽
8.	パスワード		密碼
9.	しょくいん	職員	職員

2

1.	かんりにん	管理人	管理員
2.	かいけつ-する	解決-する	解決
3.	ゆうべ		昨晚
4.	できたら		可能的話
5.	うかがう	伺う	請教
6.	つうろ	通路	道路、通道
7.	きれる（でんきがきれる）	切れる（電気が切れる）	切斷（斷電）
8.	とりかえる	取り換える	更換、交換

1. ようこそ		歡迎光臨
2. トレーニング-する		訓練
3. ざいきん-する	在勤-する	在職
4. ざいがく-する	在学-する	在學
5. こうしゅう	講習	講習
6. きぐ	器具	器具、用具
7. うむ	有無	有無
8. しどう-する	指導-する	指導
9. つうねん	通年	全年、一整年
10. ヨガ		瑜伽
11. たっきゅう	卓球	桌球
12. バレーボール		排球
13. かく～（かくにじゅうにん）	各～（各20人）	各～（各20人）
14. シューズ		鞋子
15. じさん-する	持参-する	帶去（來）
16. ねんれい	年齢	年齡
17. せいべつ	性別	性別
18. へんじ-する	返事-する	回答、答覆
19. てんこう	天候	天氣、天候
20. とうちゃく-する	到着-する	抵達、到達
21. しせつ	施設	設施

4

1.	ようす	様子	情況、情形
2.	とくちょう	特徴	特徵
3.	ロビー		大廳
4.	よる	寄る	靠近
5.	ソファ		沙發
6.	ギャラリー		畫廊
7.	さくひん	作品	作品
8.	てんじ-する	展示-する	展示
9.	ラケット		球拍
10.	きがる(な)	気軽(な)	輕鬆、爽快
11.	ぐうぜん	偶然	偶然
12.	きゅうよう	急用	急事
13.	イヤホン		耳機

1. さき	先	前面、前方
2. はいいろ	灰色	灰色
3. ななめ	斜め	斜
4. しょうめん	正面	正面
5. うえる	植える	種、植、栽
6. ほうしん	方針	方針
7. すすめる	進める	展開、進行
8. プラン		計畫

4

第5課
緊急事態！
きんきゅうじたい

話してみよう

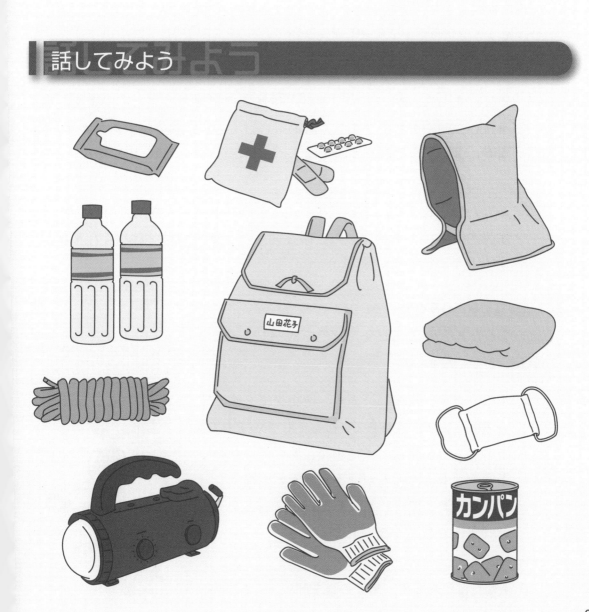

5

チャレンジ！

1 耳でキャッチ (A 19) (A 20)

地震があったので、ラジオをつけて
緊急地震速報を聞いています。

● どこでどのくらいの地震がありましたか。
■ 地震速報を聞いたことがありますか。

2 こんなときどうする？ (A 21) (A 22)

店長に電話をして、状況を話し、どうしたらいいか聞いてください。
CD（A-21）を聞いてから、話してください。

> **A** 今日、アルバイトの面接があります。しかし、駅に着いたら電車が止まっていました。駅のアナウンスでは地震の影響だと言っています。電車はいつ動くかわかりません。面接に行くのに他の方法がありません。店長に電話で今の状況を話して、どうしたらいいか聞いてください。

> **B** あなたは店長です。今日アルバイトの面接を受ける予定になっていた学生から電話がありました。話を聞いて、電車が動いたらまた電話をするように言ってください。

3 こんなときどうする？ (A 23)

けがをしたときの状況と今の状態を説明してください。下のイラストを見ながら話してください。

> **A** あなたは今、病院にいます。横断歩道を渡っているとき、自転車が来て、転んでしまいました。そのときは面接に行く途中で、急いでいたので気にしませんでしたが、手がどんどん痛くなってきました。医者にどうしてけがをしたか、今、どのような状態か説明してください。

> **B** あなたは医者です。患者の話を聞いてください。

1 地震や台風などの速報を聞いたとき、必要な情報を得ることができる。

2 約束の時間に間に合わないとき、状況を説明して指示を受けることができる。

3 けがをしたときの状況と今の状態を説明することができる。

4 避難の際の注意事項を読んで情報を得ることができる。

5 緊急の事態が起こって経験したことを周りの人と共有することができる。

4 見つけた！

学校で避難訓練の注意事項が書いてあるプリントをもらいました。

避難訓練のお知らせ

地震や火事のときには誰でも慌てるものです。日ごろの訓練がいざというときに役に立ちます。

来週金曜日、避難訓練を行います。先生の指示のとおりに落ち着いて避難しましょう。

〈避難する際の注意〉

1. 避難の際は決してエレベーターを使用しないこと。

2. 煙が出ている場合、ハンカチなどで口を覆って、体を低くして移動すること。煙で前が見えない場合は壁に沿って進むこと。

3. 走ったり前の人を押したりしないこと。

● 1. 逃げるときの正しい方法は ⓐ〜ⓓ のどれですか。

ⓐ  ⓑ  ⓒ  ⓓ

● 2. 地震や火事のとき、どうなる人が多いですか。

■ この他、どんなことに気を付ければいいですか。

5 伝えてみよう　Ⓐ24

これまでに、事故や災害にあったこと、急病になったことなどがありますか。
そのときのことを話してください。

1 使ってみよう　Ⓐ 19

> 　　ただ今、東海地方で震度5弱の強い地震がありました。念のため地震による津波に警戒してください。まずは落ち着いて身の安全を確保してください。
>
> 　　先ほど、午後1時55分に東海地方で地震がありました。この地震による津波の心配はありません。震源は静岡県沖50km、震源の深さは20km、マグニチュード5.6を記録しています。しばらく余震が続くおそれがありますので、注意してください。

1. ～によって／～により／～による　[N＋によって]

① 台風の接近によって、飛行機や船は欠航しています。
② 本日は、大雨の影響により、電車が遅れています。
③ 消防署は空気の乾燥による火災の発生に注意を呼びかけている。

2. ～おそれがある　[V-普通形／Nの＋おそれがある]

① 地震で倒れるおそれがあるので、この本棚は固定しておいたほうがいい。
② 今日は夜遅くから雷雨のおそれがあります。

≫ 地震や台風などの速報でよく使われることば

地震 地震	震源 震源	震度 震度
マグニチュード 芮氏規模	揺れ 搖晃	余震 餘震
津波 海嘯	台風 颱風	大雨 大雨
集中豪雨 局部暴雨	大雪 大雪	洪水 洪水
強風 強風	風速 風速	雨量 雨量
～地方 ～地區	～警報 ～警報	～注意報 ～特報
発生-する 發生	避難-する 避難	警戒-する 警戒
観測-する 觀測	気象庁 氣象局	

台風情報を聞きましょう。

2　使ってみよう　Ａ 22

店…店長　　ワ…ワン

店：はい。グリーンマートです。

ワ：もしもし、ワンと申しますが、店長の青山さんはいらっしゃいますか。

店：はい。私ですが。

ワ：あの、今日３時に面接のお約束をしているワンです。

店：ああ、留学生の。

ワ：はい。実は、電車が止まってしまって、３時には間に合いそうにないんですが……。

店：ああ、そうですか。

ワ：今、駅にいるんですが、さっきの地震の影響とかで、いつ動くかわからないんです。ここからそちらまで行くのに、他の方法がないんですが、どうしたらいいでしょうか。

店：それじゃあ、しかたがないですね。電車が動き次第、また連絡してください。

1.　～そうにないんですが

① Ａ　：店長、すみません、来週の土日、シフトに入れそうにないんですが、誰かに代わってもらってもいいでしょうか。

店長：わかりました。じゃあ、代わりの人を急いで探してみてください。

② Ａ　：部長、この資料、今日中には準備できそうにないのですが、明日でもよろしいでしょうか。

部長：明日の午後の会議に間に合えばいいですよ。

③ Ａ　：レポートが全然書けてなくて、明日の飲み会は行けそうにないんだけど、キャンセルしてもいいかな。

Ｂ　：今ならまだ人数の変更ができるから、大丈夫だよ。

2. _____とか（で）

① A　：どうして電車が止まっているんですか。

　　B　：さっきの放送では人身事故だとか言っていましたよ。
　　　　　　ほうそう　　　じんしんじこ

② 先生：パクさんはお休みですか。

　　A　：パクさんは風邪をひいたとかで、病院に行ってから来るそうです。
　　　　　　　　かぜ

③ 来月ご結婚されるとか。お幸せを心からお祈りしています。
　　　　　けっこん　　　　　　しあわ　　　　　　　いの

≫ 交通機関が止まっている状況を説明するときの表現
　　　　きかん　　　　　　　じょうきょう　　　　　　　　ひょうげん

〜んですが…　　〜んです　　〜てしまったんです　　〜そうなので、〜
（たった今動き始めた／今次の電車を待っている）ところです／ところなんです
うご　はじ　　　　つぎ
（事故／強風…）で、〜　　（台風／大雨…）の影響で、〜
じこ　きょうふう　　　　　　　　　おおあめ　　えいきょう
（信号機の故障）のために、〜
しんごうき　こしょう

やってみよう

学校に向かっているとき、電車が止まってしまって、授業に間に合わなくなっ
　　　　　む　　　　　　　　　　　　　　　　　　　　　　　　　じゅぎょう　まあ
てしまいました。先生に電話をして、状況を説明し、どうしたらいいか聞き
　　　　　　　　　　　　　　　　　じょうきょう
ましょう。

3 　**使ってみよう**　　　　　　　　　　　　　　　　　　　　　Ⓐ23

医…医者　　ワ…ワン
いしゃ
医：どうしましたか。
ワ：今日、転んで、手首をひねってしまったようなんです。道路を渡ろ
ころ　　　　てくび　　　　　　　　　　　　　　　　　どうろ　わた
うとしたところへ自転車が来て、びっくりして転んでしまいまし
じてんしゃ　　　　　　　　　　　　ころ
た。急いでいたので、そのときはそんなに痛いと思わなかったんで
いそ　　　　　　　　　　　　　　　　　　いた
すが、時間がたつにつれてだんだん痛くなってきたんです。
いた

98

1. 〜てしまったようなんです 🎈

① A ：足首を痛めてしまったようなんです。
　　あしくび　いた

医者：では、ちょっと診てみましょう。
いしゃ　　　　　　　　み

② A ：すみません、赤いマフラーを忘れてしまったようなんですが……。
　　　　　　　　　　　　　　わす

店員：あ、はい。お預かりしていますよ。
てんいん　　　　　あず

2. 〜ところへ／〜ところに／〜ところを

　　[V-辞書形・テ形いる・タ形／イAい+ところに]
　　　じしょけい　　けい　　　けい

① A ：ただいま。

　　B ：あ、ちょうどいいところへ帰ってきた。ちょっと手伝って！
　　　　　　　　　　　　　　　　　　　　　　　　てつだ

② 角を曲がろうとしたところにバイクが走ってきて驚いた。
　かど　ま　　　　　　　　　　　　　　　　　おどろ

③ 駅の階段で転んだところを好きな人に見られて恥ずかしかった。
　　かいだん　ころ　　　　　　　　　　　　は

3. 〜につれて [V-辞書形／N+につれて] ＊Nは「N-する」の形で使われるもの
　　　　　　　じしょけい　　　　　　　　　　　　　　　　　　　　かたち

① 日本での生活に慣れるにつれて、不思議だと思うことも増えてきました。
　　　　　　　　な　　　　　　　　ふしぎ　　　　　　　　ふ

② 社会の変化につれて、人々の考え方も変わる。
　　　へんか　　　　ひとびと　　　　か

≫ 事故の状況とけがの説明をするときのことば・表現
　　じこ　じょうきょう　　　　　　　　　　　　　　ひょうげん

(子ども／自転車…)が飛び出す	(自転車／車…)をよける
じてんしゃ　　　　とだ	じてんしゃ　くるま
急ブレーキをかける	スピードを出す
きゅう	
(人／物…)にぶつかる	
(足首／手首…)をひねる	(頭／背中…)を打つ
あしくび　てくび	あたま　せなか　　　う
ひりひり	ずきずき
ふらふら	力が入らない
(転び／ぶつかり／落ち…)そうになりました	
ころ　　　　　　　お	
(曲がろう／渡ろう／よけよう…)としたとき、／としたら、〜	
ま　　　わた	

やってみよう

イラストを見ながら、けがをしたときの状況と今の状態を医者に説明しましょう。
じょうきょう　　じょうたい　いしゃ

1)

2)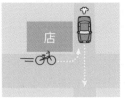

---

4 **使ってみよう**

1.〜ものだ／〜ものではない

[V-辞書形・ナイ形ない＋ものだ] [V-辞書形＋ものではない]
じしょけい　けい　　　　　　　　　　じしょけい

① 地震や火事のときは誰でも慌てるものです。
じしん　かじ　　　　だれ　あわ

② ご飯を食べるときにはひじをテーブルにつかないものだ。

③ 電車では足を組んで座るものではない。
く　すわ

2.〜とおり(に)／〜どおり(に)

[V-辞書形・夕形／Nの＋とおり(に)] [N＋どおり(に)]
じしょけい　けい

① 指示のとおりに避難しましょう。
しじ　　　　ひなん

② 飛行機は予定どおりに出発しました。
ひこうき　　　　　しゅっぱつ

③ 私がこれから言うとおりに体を動かしてください。
うご

④ アルバイトで先輩に教えてもらったとおりに敬語を使ってみた。
せんぱい　　　　　　　　　けいご

3.〜際　[V-辞書形・夕形／Nの＋際]
さい　じしょけい　けい　　　　　さい

① 避難の際は決してエレベーターを使用しないでください。
ひなん　さい　けっ

② ご予約を変更される際には、メールでご連絡ください。
へんこう　さい　　　　　　れんらく

③ ボランティア活動に参加する際の注意事項についてお知らせします。
かつどう　さんか　さい　じこう

4.～こと

　　[V-辞書形・ナイ形ない／Nの＋こと]　＊Nは「N-する」の形で使われるもの

①落ち着いて避難すること。

②A：明日の集合時間は何時？

　　B：ここに朝8時までに集合することって書いてあるよ。

≫≫ 災害時の避難に関係があることば・表現

避難所　避難所	非常口　緊急出口	避難経路　逃生路徑
消火器　滅火器	非常食　緊急糧食	
避難-する／逃げる　避難／逃跑		
指示に従う　遵從指示		
落ち着いて～　冷静下來～	慌てずに／慌てないで、～　不要慌亂～	
助け合って～　互助～		
身を守る　保護自身安全	逃げ道／安全を確保する　確保逃生路徑／安全	
～に気を付ける／注意する　注意・留意～		
～に近づかない　不要靠近～		
火の元を確認する　確認火源	情報を集める　収集資訊	

5

やってみよう

避難時の注意事項について書いてある、地域のパンフレットを読みましょう。

> 　　私は中学生のとき、ハイキングに行って斜面を滑り落ちたことがあります。雨上がりの山道で、帽子が風に飛ばされて、それを取ろうとして、バランスを崩してしまったんです。気が付いたら、斜面を滑り落ちていました。木にぶつかって止まったんですが、手や足をすりむいて、血が出てしまいました。とても痛くてしばらくうずくまったまま、動けませんでした。雨のあとだったので全身泥だらけになりました。そのときは一緒にいた人に助けてもらって、無事、元の道に戻ることができましたが、1人だったら、と思うと今でも怖くなります。

1.〜まま　[V-タ形・ナイ形／イAい／ナAな／Nの＋まま]

① 彼は溺れている子どもを助けるため、服を着たまま川に飛び込みました。

② この弁当箱なら、昼になってもご飯は温かいまま食べられます。

③ この地域はいつまでたっても交通が不便なままだ。

④ 日本では、靴のまま家に入ってはいけません。

2.〜だらけ　[N＋だらけ]

① 世界中を旅した彼のかばんは傷だらけだった。

② 長い間誰も入らなかったので、倉庫の中はほこりだらけだった。

≫ けがや急病に関係があることば・表現

(人／物…)にぶつかる　撞到（人／物品）

(頭／顔…)をぶつける　撞到（臉／頭）

(石／段差…)につまずく　絆到（石頭／樓梯）

(指／足…)が(ドア／隙間…)に挟まる　（手指／腳）夾在（門／縫隙）

(指／足…)を挟む　夾到（手指／腳）

(唇 ／額…)を切る／が切れる（嘴唇／額頭）裂開

滑る　滑倒　　　　　　　　　やけど-する　漫傷

骨折-する　骨折　　　　　　捻挫-する　扭傷

突き指-する　手指挫傷

(ひじ／ひざ…)をすりむく（膝蓋／手肘）擦破

腫れる　腫脹　　　　　　　　血が出る／止まらない　出血／停不下來

〜が動かない　〜沒辦法動　　高熱が続く　持續高燒

吐き気がする　想吐　　　　　めまいがする　暈眩

やってみよう

周りの人と経験を共有しましょう。

防災公園を知っていますか

　日本の国土は世界の陸地のたった0.25％ですが、世界で起きるマグニチュード6.0以上の地震のうち約2割が日本で起こります。地震のような自然災害は人間の力で止められません。しかし、家具を固定したり、高い所に物を置かないようにしたりして、被害をできるだけ少なくすることはできます。地震が起こったときのために、必要なものをまとめた「非常持ち出し袋」を用意しておくのもよいでしょう。そして、近くの避難場所を確認しておくことも大切です。

　1995年の阪神淡路大震災のあと、公民館や学校などの避難場所だけでは被災した人を十分に受け入れられないことがわかりました。全国で防災計画が見直され、各地に防災公園が作られました。そこでは多くの避難者が仮設テントを張って、数日間生活できるようになっています。それまでも災害時には、公園は人々の避難場所となっていました。しかし、避難のために広い場所を用意しておくだけでなく、いざというときにはそこで人々が避難生活を送ることが必要になります。そこで防災公園にはいろいろな設備が作られています。

かまどベンチ（東京都公園協会）

　普段よく見ているものが、実は別の役割を持っています。例えば、よく見るマンホールが震災時にはトイレになります。ふたを開けて、その上に簡易便器を載せて、テントを張って使います。下水道に直接つながっているので処理も簡単です。次にベンチです。普段はベンチとして使っていますが、ふたを開けると、かまどになって料理ができるようになっています。

ポンプ（東京都公園協会）

　また、広い公園の下には大きな貯水槽があって、災害時にはこの写真のようなポンプで、水をくみ上げて使うようになっています。その水は飲み水にはなりませんが、生活用水として使うことがで

5

きますし、防火用水としても使われます。公園の電灯は太陽光発電で、停電時でも
消えずにここが避難場所だと示す目印になります。

　いざというときのためにこのような公園を探しておきましょう。「備えあれば憂
いなし」です。

● 1.各地に防災公園が作られるようになったのは、どうしてですか。
● 2.防災公園には、どのような設備がありますか。
■ 皆さんの住んでいる地域にこのような公園がありますか。

5

━━ ことば ━━

防災 防災 ぼうさい	国土 國土 こく ど	陸地 陸地 りくち	たった 僅僅・只
～割（2割）～成（2成） わり わり	人間 人類 にんげん	力 力量 ちから	被害 受損 ひがい
非常 緊急 ひじょう	持ち出す 帶出・提出 も だ	震災 賑災 しんさい	被災-する 受災 ひさい
十分(な) 十分（地） じゅうぶん	受け入れる 接受 う い	全国 全國性的 ぜんこく	仮設テント 臨時帳篷 かせつ
張る 搭起（帳篷） は	数～（数日）數～（數天） すう すうじつ		そこで 因此
送る（避難生活を送る）過（過避難生活） おく ひなんせいかつ おく		設備 設備・設施 せつび	普段 平時 ふだん
別 不同 べつ	役割 角色 やくわり	マンホール 人孔	ふた 蓋
簡易便器 簡易馬桶 かんい べんき	載せる 擺上・放上 の	下水道 下水道 げすいどう	処理-する 處理 しょり
ベンチ 長椅	かまど 爐灶	貯水槽 儲水槽 ちょすいそう	ポンプ 幫浦
くみ上げる 汲水 あ	用水 用水 ようすい	防火 防火 ぼうか	電灯 電燈 でんとう
太陽光 日光 たいようこう	発電-する 發電 はつでん	停電-する 停電 ていでん	示す 表示 しめ
目印 標誌 めじるし	備えあれば憂いなし 有備無患 そな うれ		

できる！

いざというとき困らないように、今から準備しておきましょう。

例）自分が住んでいる所や学校、職場などの近くで地震が起きたときどうしたら
いいか調べておきましょう。

例）急に体の具合が悪くなった場合、どうしたらいいか調べておきましょう。

例）地域の避難訓練に参加しましょう。

例）防災館や防災センターに行ってみましょう。

5

ことば

1

1. ラジオ		收音機
2. きんきゅう	緊急	緊急
3. そくほう	速報	快報
4. ただいま	ただ今	目前
5. しんど	震度	震度
6. ～じゃく（しんどごじゃく）	～弱（震度5弱）	～不到（不到震度5）
7. ねんのため	念のため	以防萬一
8. つなみ	津波	海嘯
9. けいかい-する	警戒-する	警戒
10. み	身	身體・自身
11. かくほ-する	確保-する	確保
12. さきほど	先ほど	稍早
13. しんげん	震源	震源
14. おき	沖	海上
15. ふかさ	深さ	深度
16. マグニチュード		芮氏規模
17. きろく-する	記録-する	紀錄
18. よしん	余震	餘震
19. せっきん-する	接近-する	接近
20. けっこう-する	欠航-する	停飛

5

21.	おおあめ	大雨	大雨
22.	えいきょう-する	影響-する	影響
23.	しょうぼうしょ	消防署	消防署
24.	かんそう-する	乾燥-する	乾燥
25.	かさい	火災	火災
26.	はっせい-する	発生-する	發生
27.	よびかける	呼びかける	號召，呼籲
28.	こてい-する	固定-する	固定
29.	らいう	雷雨	雷雨

2

1.	じょうきょう	状況	狀況
2.	よろしいでしょうか		～可以嗎？
3.	レポート		報告
4.	へんこう-する	変更-する	變更
5.	ほうそう-する	放送-する	廣播
6.	じんしんじこ	人身事故	死傷車禍
7.	しあわせ(な)	幸せ(な)	幸福（的）
8.	こころ	心	心

1.	じょうたい	状態	狀態
2.	イラスト		插畫
3.	おうだんほどう	横断歩道	斑馬線
4.	かんじゃ	患者	患者
5.	てくび	手首	手腕
6.	ひねる		扭
7.	どうろ	道路	道路
8.	たつ（じかんがたつ）	たつ（時間がたつ）	經過（時間流逝）
9.	あしくび	足首	腳踝
10.	いためる	痛める	使疼痛
11.	みる	診る	診斷
12.	ふしぎ（な）	不思議（な）	不可思議（的）
13.	へんか-する	変化-する	變化
14.	ひとびと	人々	人們

1.	ひなん-する	避難-する	避難
2.	くんれん-する	訓練-する	訓練
3.	ちゅういじこう	注意事項	注意事項
4.	プリント		列印
5.	あわてる	慌てる	慌張
6.	ひごろ	日ごろ	平時
7.	いざというとき		緊急狀況發生時
8.	しじ-する	指示-する	指示
9.	けっして	決して	絕不…
10.	けむり	煙	煙
11.	おおう	覆う	包覆
12.	ひじ		手肘
13.	つく（ひじをつく）		手肘撐著桌子
14.	くむ	組む	盤，交疊

1. さいがい	災害	災難
2. きゅうびょう	急病	急病
3. ハイキング-する		健行
4. しゃめん	斜面	斜坡
5. すべりおちる	滑り落ちる	滑落
6. あめあがり	雨上がり	雨停
7. とばす	飛ばす	飛
8. くずす	崩す	使～崩解
9. すりむく		擦破
10. ち	血	血
11. うずくまる		蹲坐
12. ぜんしん	全身	全身
13. どろ	泥	泥土
14. ぶじ(な)	無事(な)	平安（的）
15. もと	元	原本的
16. おぼれる	溺れる	溺水
17. たすける	助ける	求助・幫助
18. とびこむ	飛び込む	跳進
19. べんとうばこ	弁当箱	便當盒
20. きず	傷	傷口

21. そうこ   倉庫   倉庫

22. ほこり   灰塵

23. きょうゆう-する   共有-する   共有，共享

5

第6課
だい　か

地図を広げる

話してみよう

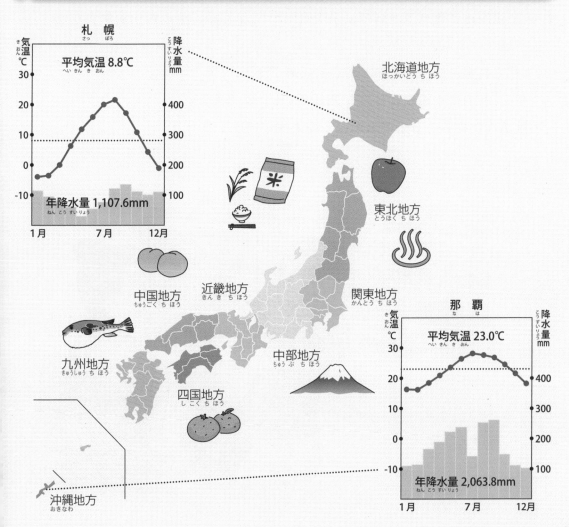

札　幌
さっ　ぽろ

気温
きおん
℃

降水量
こうすいりょう
mm

平均気温 8.8℃
へいきんきおん

年降水量 1,107.6mm
ねんこうすいりょう

1月　　7月　　12月

北海道地方
ほっかいどうちほう

東北地方
とうほくちほう

中国地方
ちゅうごくちほう

近畿地方
きんきちほう

関東地方
かんとうちほう

九州地方
きゅうしゅうちほう

中部地方
ちゅうぶちほう

四国地方
しこくちほう

那　覇
なは

気温
きおん
℃

降水量
こうすいりょう
mm

平均気温 23.0℃
へいきんきおん

年降水量 2,063.8mm
ねんこうすいりょう

1月　　7月　　12月

沖縄地方
おきなわ

113

チャレンジ！

1 　**見つけた！**

友達と博物館に来ています。「日本の国土と気候」のコーナーで説明を読んでいます。

日本の国土と気候

　　日本は南北に長い島で、周りを海に囲まれています。山林が国土の約3分の2を占め、地形が複雑で気候もさまざまです。ほとんどの地域は温帯に位置し、6月から9月にかけては雨が多く蒸し暑い日が続きます。

　　冬は太平洋側は晴れる日が多く乾燥した日が続きますが、日本海側は曇りがちの日が続き、大雪が降りやすくなります。南北に長いため、北海道に比べて沖縄では平均気温が15度も高い年があります。

● 1.日本の国土のどのくらいが山林ですか。
● 2.冬の日本海側はどんな天気ですか。
■ あなたの国と日本の気候はどのように違いますか。

1 説明を読んで、日本の地理や町の様子、気候について知ることができる。

2 説明を聞いて、気候に合わせた建物の特徴を知ることができる。

3 気候が合わなくて体調を崩した友達の話を聞いて、アドバイスすることができる。

4 説明を読んで、町の特徴や歴史などについて知ることができる。

5 国・ふるさとの地形や気候を利用した名物や風物詩を紹介することができる。

2 耳でキャッチ

「日本の気候と建物」のコーナーに沖縄の建物の展示がありました。
音声ガイドを聞いています。

● 1. 沖縄の建物が石の塀に囲まれているのは、どうしてですか。

● 2. 今でも沖縄には伝統的な家が多いですか。

■ あなたの国やふるさとにも、気候に合わせた建物がありますか。

3 こんなときどうする?

友達の話をよく聞いて、アドバイスしてください。

> A 友達のBさんは体の調子がよくないようです。話を聞いて、どうした
>   らいいか、アドバイスしてください。あなたの国でよく言われている
>   体にいい食べ物についても話してください。

> B あなたは最近、あまり食欲がありません。季節が変わったために、体調を
>   崩してしまったようです。友達のAさんにアドバイスをもらってください。

横浜の町の特徴と歴史について読んでいます。

「横浜」という名前はどこから？

　横浜は現在人口約370万人の大都市です。神奈川県の東に位置していて、県庁のある関内、横浜駅周辺、横浜みなとみらい21地区を中心に、観光地や商業地区が広がっています。

　現在の横浜には砂浜はほとんどありませんが、それではどうしてこの場所に「横浜」という名前が付いたのでしょうか。

　1600年代の地図を見ると、中華街をはじめ、山下公園やランドマークタワーなど今では1年を通して多くの人が訪れているにぎやかな場所は全部海でした。現在の横浜の位置には、横に砂浜が長く延びていたことから名付けられたと言われている「横浜村」がありました。江戸時代に入り、海が埋め立てられ、横に長い浜はなくなりましたが、この地名から「横浜」という名前が付けられたのです。

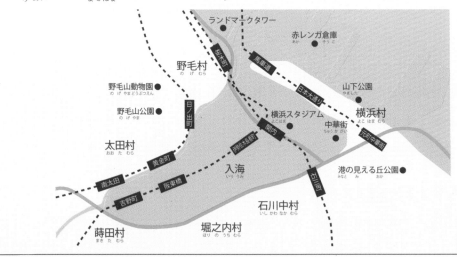

● 1. どうして「横浜」という名前になったのですか。
● 2. 中華街や山下公園などがある場所は、昔と同じですか。
■ あなたの国やふるさとで、昔と現在の風景が大きく違う場所がありますか。

国・ふるさとの地形や気候を利用した行事や習慣、特産物、産業などについて紹介してください。

1　使ってみよう

1. ～に囲まれている／～に囲まれた　［N＋に囲まれている］

① 日本は南北に長い島で、周りを海に囲まれています。

② 花と緑に囲まれた小さなペンションが並んでいます。

2. （～が）～を占める／～が占める　［N＋を占める］

① 日本は山林が国土の約3分の2を占めている。

② この会社で外国人が占める割合は40％です。

3. ～がち　［V-マス形／N＋がち］

① 日本海側は冬は曇りがちの日が続き、大雪が降りやすい。

② 雪が降ると、電車が遅れがちだ。

③ 彼女は「この席は空いていますか」と遠慮がちに言った。

4. ～に比べ（て）　［N＋に比べ（て）］

① 北海道に比べて沖縄では1年の平均気温が15度も高い年があります。

② 今年の夏は例年に比べ、暑くなるでしょう。

≫ 地形や町の様子、気候を説明するときの表現

～が広がっています

～に山が連なっています

～を川が流れています

町の中心に～があります

～は～に接しています

～は～に面しています

～は～に位置しています

～に恵まれています

雨期　雨季	乾季　乾季
熱帯　熱帯	温帯　温帯
湿度が高い　濕度高	乾燥-する　使乾燥
温暖（な）　溫暖的	寒冷（な）　寒冷的
四季の変化がはっきりしている　四季變化分明	

6

117

日本の地形や気候について、もう一つ説明を読みましょう。

> 　岡山県は中国地方にあって、北には山が連なり、南は瀬戸内海に面しています。気候は温暖で自然に恵まれています。県の南にある鷲羽山の展望台からは、美しい島々と瀬戸大橋が眺められます。鷲羽山の北には岡山平野が広がっています。また、岡山市の中心にお城があって、その庭は日本三名園の一つ、後楽園です。お城の周りには歴史が感じられる石垣などが残っています。

鷲羽山展望台から眺める瀬戸大橋
（JB本四高速（株）提供）

2 使ってみよう

> 　沖縄の建物についてご説明します。沖縄の夏は日差しが強くてとても暑いですから、写真のように軒を長くしてあります。また、沖縄は台風が多い地域です。そのため、伝統的な沖縄の家では台風に<u>備えて</u>家の周りを石の塀で囲んであります。屋根の瓦は強い風で飛ばないように、しっくいと呼ばれる白いセメントのようなもので固めてあります。しかし、最近では伝統的な家に<u>代わって</u>、鉄筋コンクリートでできた家がほとんどです。

1.〜に備えて　[N＋に備えて]
① 大雨に備えて、最新の気象情報に気を付けています。
② 大学受験に備えて、『小論文の書き方』という本で勉強しています。

2.〜に代わって／〜に代わり　[N＋に代わって]
① 最近の家は畳に代わって、フローリングの部屋が増えてきた。
② 現金に代わり、電子マネーが使われるようになった。

>>> 工夫を加えて作られている建物について説明するときのことば・表現

(虫が入らない／光が入る…)ように、

(台風／大雪…)に備えて、　　　　　～てあります

～ことを考えて、　　　　　　　　　～(ら)れています

～に合わせて、

(木／石／レンガ／金属)でできています／から作られています

以(木頭／石頭／磚塊／金屬)製成

壁 牆壁	窓 窗戶	ドア 門	天井 天花板	床 地板
かべ	まど		てんじょう	ゆか
柱 柱子	塀 圍欄	屋根 屋簷		
はしら	へい	やね		

やってみよう　Ⓐ26

気候のことを考えて作られた建物の説明をもう一つ聞きましょう。
きこう　　　　　　　　　　　　　　　たてもの

6

3　使ってみよう　Ⓐ27

山…山口　　メ…メアリー
やまぐち

山：メアリーさん、どうしたの？　元気ないね。

メ：うん、なんだか最近体の調子が悪くて。
　　　　　　　さいきん　ちょうし　わる

山：ええ、大丈夫？
　　　だいじょうぶ

メ：うーん。それに、食欲もなくて。
　　　　　　　　しょくよく

山：冷たい物ばかり飲んでいるんじゃない？
　　つめ

メ：うん。暑いから。

山：それじゃ、体調を崩すよ。きっと夏バテだね。暑いときこそスープの
　　　　　　たいちょう　くず
　　ような温かい物が体にいいんだよ。
　　　　　あたた

メ：温かい物ね。
　　あたた

山：そう。それに、日本では夏の食べ物としてウナギをよく食べるよ。ウ
　　ナギは栄養があるからね。夏はウナギに限るって言われてるんだよ。
　　　　　えいよう　　　　　　　　　　　かぎ

メ：へえ。

119

1.〜のような／〜のように ［N＋のような］

① 京都のような歴史のある町に住んでみたいです。
　 きょうと　　れきし

② 私はケーキや和菓子のように甘い食べ物が大好きです。
　　　　　　　　わがし　　　　　あま

2.〜として ［N＋として］

① 彼はたった１人の医者としてこの島で働いています。
　 かれ　　　　いしゃ　　　　しま　はたら

② 北海道小樽市は、明治時代に港町として栄えていました。
　 おたるし　　めいじじだい　みなとまち　　さか

3.〜に限る ［V-辞書形・ナイ形ない／イAい／ナA／N＋に限る］
　　　かぎ　　　じしょけい　　　　　　　　　　　　　　かぎ

① A：一緒にご飯食べに行こうよ。鍋はどう？
　　　 いっしょ　　　　　　　　　　なべ

　 B：いいね。冬は鍋に限るね。
　　　　　　　　なべ　かぎ

② 体の調子が悪いときには早く寝るに限る。
　 ちょうし　わる　　　　　　　ね　かぎ

③ 危ないところには近づかないに限る。
　 あぶ　　　　　　　　　　　　かぎ

④ ビールは冷たいに限る。
　　　　　　つめ　　かぎ

>>> 友達の体調に合わせてアドバイスするときの表現
　　　　　　たいちょう　　　　　　　　　　　　　ひょうげん

	〜といいんだって
〜ときには、 〜場合、	〜といいらしいよ
	〜といいって言われているんだ

だったら／それなら

やってみよう

気候が合わなくて体調がよくない友達がいます。アドバイスしましょう。
きこう　　　　　　　たいちょう

4 **使ってみよう**

1.〜を中心に（して）／〜を中心として ［N＋を中心に（して）］
　　　　ちゅうしん　　　　　　　ちゅうしん　　　　　　　　　　　ちゅうしん

① 横浜はみなとみらい21地区を中心に商業地区が広がっています。
　 よこはま　　　　　　　　　ちく　　　　しょうぎょうちく　ひろ

② 私のクラスはパクさんを中心として、よくまとまっています。

6

120

2. ～をはじめ（として）／～をはじめとする　［N＋をはじめ（として）］

① 横浜には中華街をはじめ、山下公園など多くの人が訪れる場所がある。

② このお店ではこの地方の名産品をはじめとするさまざまなお土産品が
売られている。

3. ～を通して／～を通じて　［N＋を通して］

① この地域は１年を通してたくさんの人でにぎわっています。

② 祖父は一生を通じて、頑固な職人であり続けた。

4. ～ことから　［普通形（ナAな・ナAである／Nである）＋ことから］

① 横に砂浜が長く延びていたことから、横浜村と呼ばれていました。

② 海洋生物の化石が発見されたことから、この辺りは昔、海だったと考えら
れる。

≫ 町の特徴や歴史を説明するときのことば・表現

（工業／商業／学園…）都市　（工業／商業／文教）都市		
（城下／港…）町　（城郭周圍／海港）城市		
（政治／経済…）の中心　（政治／經濟…）中心		
観光地　觀光地	郊外　郊外	
農業　農業	漁業　漁業	工業　工業
栽培-する　栽培	生産-する　生産	製造-する　製造
～が盛ん（な）　興盛～	～が豊か（な）　豐富	
～として発展しています／知られています		
～でにぎわっています		
～が残っています		
昔は～と呼ばれていました		
～ことから、～と呼ばれています／呼ばれるようになりました		

6

町の特徴と歴史について、もう一つ読みましょう。

　　　西日本最大の都市である大阪。大阪は昔から日本の商業の中心地として栄えてきました。町人が多く、物を作る産業が盛んで、各地で生産された生活に必要な品物も集まってきました。さらに、外国からの品物も運ばれてきていました。それらの品物は大阪から奈良や京都、江戸（東京）へも運ばれました。生活に必要な品物が大阪から日本の各地に運ばれたことから、大阪は「天下の台所」と呼ばれていました。明治時代になってからも、大きな企業が生まれ、商業都市、工業都市として発展してきました。

　　　大阪は今も関西の商工業や文化の中心地で、観光やビジネスに訪れる人たちで、にぎわっています。

5　使ってみよう　　Ⓐ28

　　　私のふるさとは群馬県の前橋という所です。群馬県といえば空っ風と呼ばれる強い風が有名です。北西から吹いてきた湿った風が山にぶつかり、日本海側に雪を降らせます。それによって乾いた風は高い山を越えます。これが空っ風です。この風は強くて、自転車に乗るのも大変です。夜、風の音で眠れないこともあります。この強い北風を利用して、風力発電が行われています。また、2月には大きな凧揚げ大会があって、畳25枚分の大きな凧が揚げられ、毎年ニュースで放送されています。

1.　～といえば／～というと　[N／普通形＋といえば]

① 横浜といえば、中華街が有名です。
② 冬のスポーツというと、スキーを思い浮かべます。

≫≫ 地形や気候を利用した行事や、特産物などについて説明するときの表現

~といえば／~というと、~が有名です／知られています

~を利用して、　　│　~が行われています

~を生かして、　　│　~が作られています／生産されています

　　　　　　　　　　│　　　　／栽培されています

　　　　　　　　　　│　~をしています

（毎年~月になる）と、│　~が行われます／見られます

　　　　　　　　　　│　~が味わえます／楽しめます

やってみよう

地形や気候を利用した行事や産業などについて周りの人と共有しましょう。

6

123

夏を快適に過ごす
<ruby>快適<rt>かいてき</rt></ruby> <ruby>過<rt>す</rt></ruby>

　日本の夏は梅雨が終わると始まります。焼けるような昼の太陽と、蒸し暑い夜に驚いた人も多いでしょう。今でこそエアコンが普及して、暑い夏を涼しい部屋で過ごすことができるようになりましたが、エアコンがなかったころの人々は、いろいろな工夫をして暑さをしのいでいたようです。

　夏の夜にはお祭りや花火を楽しんだり、耳から涼しさを感じようと、風鈴をつるしてその音を楽しんだりしています。風鈴のチリンチリンという音は涼しさを運ぶ風の音で、昔は魔除けとして使われていたそうです。暑い夏に風鈴の音を聞くと、なぜか少し涼しくなったように感じるので不思議です。

水１ｇの蒸発につき
約0.58kcalの熱が奪われる

　また、打ち水も盛んに行われていました。打ち水とは夏を涼しく過ごすために地面に水をまくことです。皆さんもお店や家の前に水をまいている光景を見たことはありませんか。地面に水をまくと、その水が蒸発するときに地面の熱を奪います。それで、打ち水した場所の温度が下がるのです。

　近年、夏の暑い日に各地で「打ち水大作戦」が開催されています。これはたくさんの人が集まって楽しみながら打ち水をして、温度を少しでも下げようという活動です。ルールは水道水は使わないでお風呂の残り湯などの一度使った水や雨水を使うということだけで、気軽に誰でも参加することができます。2003年から始まったこの活動は海を越えてフランスやスペインでも行われました。

　この江戸時代から続く習慣を皆さんも体験してみてはいかがですか。

● 1. 夏の暑さをしのぐために、日本ではどんな工夫をしていますか。
● 2. 打ち水をすると、どうなりますか。
■ 暑い夏や寒い冬に、あなたの国ではどんな工夫をしていますか。

═ことば═

快適(な) 舒適(的)　　**梅雨** 梅雨　　　**焼ける** 燃燒　　　　**太陽** 太陽
かいてき　　　　　　　つゆ　　　　　　　　や　　　　　　　　　たいよう

今でこそ 雖然現在，但（過去～）　　**普及-する** 普及　　　しのぐ 忍受，熬過
いま　　　　　　　　　　　　　　　ふきゅう

つるす 懸掛　　　チリンチリン（腳踏車的）叮鈴聲　　　　魔除け 除魔，驅邪
　　　　　　　　　　　　　　　　　　　　　　　　　　　　まよ

打ち水 灑水　　　**地面** 地面　　　　まく（水をまく）潑灑（潑水）
う　みず　　　　　　じめん　　　　　　　　　　みず

光景 景色　　　　**蒸発-する** 蒸發　　　**奪う** 奪取　　　　**近年** 近年
こうけい　　　　　　じょうはつ　　　　　　うば　　　　　　　　きんねん

作戦 作戰　　　　**開催-する** 舉辦　　　**水道水** 自來水
さくせん　　　　　　かいさい　　　　　　　すいどうすい

残り湯 剩餘的洗澡水　　**雨水** 雨水
のこ　ゆ　　　　　　　あまみず

125

■■ できる！

知ってもらいたい自分のふるさと（町の地理や歴史、季節の行事、気候に合わせた生活など）について周りの人と紹介し合いましょう。話を聞いておもしろいと思ったことについて、質問をしたりさらに他の人に紹介したりしましょう。自分の生活にも役立つことがあったら試してみましょう。

6

ことば

話してみよう

1.	へいきん	平均	平均
2.	こうすいりょう	降水量	降水量

1

1.	きこう	気候	氣候
2.	コーナー		角落
3.	なんぼく	南北	南北
4.	しま	島	島
5.	さんりん	山林	山林
6.	〜ぶんの〜（さんぶんのに）	〜分の〜（3分の2）	〜分之〜（三分之二）
7.	ちけい	地形	地形
8.	おんたい	温帯	溫帶
9.	いち-する	位置-する	訂位
10.	むしあつい	蒸し暑い	悶熱
11.	〜がわ（たいへいようがわ）	〜側（太平洋側）	〜側（太平洋側）
12.	ペンション		別墅
13.	わりあい	割合	比例
14.	れいねん	例年	平均年
15.	つらなる	連なる	連接・連綿

6

16. めぐまれる	恵まれる	富有~的，得天獨厚
17. てんぼうだい	展望台	瞭望台
18. うつくしい	美しい	美麗
19. へいや	平野	平原
20. にわ	庭	庭院
21. いしがき	石垣	石牆
22. めいえん	名園	有名的庭園

2

1. おんせい	音声	聲音
2. かわら	瓦	瓦片
3. のき	軒	屋簷
4. へい	塀	圍欄
5. いし	石	石頭
6. ふるさと		故鄉
7. あわせる	合わせる	配合
8. ひざし	日差し	陽光
9. しっくい		灰泥
10. セメント		水泥

128

11. かためる	固める	固定
12. てっきん	鉄筋	鋼筋
13. コンクリート		混凝土
14. きしょう	気象	氣象
15. しょうろんぶん	小論文	小論文
16. たたみ	畳	榻榻米
17. フローリング		木質地板
18. げんきん	現金	現金
19. でんしマネー	電子マネー	電子錢包

6

3

1. アドバイス-する		給建議
2. たいちょう	体調	身體狀況
3. なんだか		總覺得
4. わがし	和菓子	日式點心
5. みなと	港	港口
6. さかえる	栄える	繁榮

4

1.	げんざい	現在	現在
2.	じんこう	人口	人口
3.	とし	都市	都市
4.	けんちょう	県庁	縣廳
5.	～しゅうへん	～周辺	～周邊
	（えきしゅうへん）	（駅周辺）	（車站周邊）
6.	ちく	地区	地區
7.	しょうぎょう	商業	商業
8.	すなはま	砂浜	沙灘
9.	～ねんだい	～年代	～年代
	（せんろっぴゃくねんだい）	（1600年代）	（1600年代）
10.	～がい（ちゅうかがい）	～街（中華街）	～街（中華街）
11.	タワー		塔
12.	いまでは	今では	現今
13.	おとずれる	訪れる	拜訪
14.	のびる	延びる	延伸
15.	なづける	名付ける	命名
16.	むら	村	村子
17.	うめたてる	埋め立てる	埋起來

6

18. はま	浜	海灘
19. ちめい	地名	地名
20. ふうけい	風景	風景
21. まとまる		匯總
22. ちほう	地方	地方，區域
23. めいさんひん	名産品	名産
24. にぎわう		興隆
25. いっしょう	一生	一生
26. がんこ(な)	頑固(な)	頑固
27. しょくにん	職人	工匠，專家
28. かいよう	海洋	海洋
29. せいぶつ	生物	生物
30. かせき	化石	化石
31. あたり	辺り	區域
32. さんぎょう	産業	産業
33. さかん(な)	盛ん(な)	興盛
34. きぎょう	企業	企業
35. はってん-する	発展-する	發展

1.	と く さ ん ぶ つ	特産物	特産
2.	か ら っ か ぜ	空っ風	冬季的乾冷季風 （關東地區特有）
3.	ふ く	吹く	吹
4.	し め る	湿る	加濕
5.	こ え る	越える	跨越
6.	ふ う り ょ く	風力	風力
7.	た こ あ げ	凧揚げ	放風箏
8.	あ げ る	揚げる	放（使物品向上移動）
9.	お も い う か べ る	思い浮かべる	想起

6

7

第7課
だい か
世代を超えた交流
せ だい　　こ　　　こうりゅう

話してみよう

チャレンジ！

1　見つけた！

ボランティアをしてみたいと思っています。どんなボランティアがあるかインターネットで調べていたら、参加した人の体験談を見つけました。

初めての海岸掃除ボランティアに参加して
イリア　23歳（留学生）

　日本に来たばかりのころは慣れるのに一生懸命でボランティアどころではありませんでした。日本の生活に慣れてくると、何か新しいことを始めたくなりました。いろいろな人と話せることがしたいなと思っていたら、友達がこの海岸掃除ボランティアに誘ってくれました。初めて会う人とうまく話せるかどうか心配でしたが、参加してみたところ、とても楽しくてあっという間に時間がたってしまいました。

　ボランティアの日、思ったより、いろいろな年代の人がいてびっくりしました。最初にグループ分けがあって、私は年配の女性と中学生と3人でやることになりました。失礼だけど、最初はこんな年配の方がごみ拾いをするのは大変じゃないかと心配しました。でも、そんな心配は要りませんでした。その女性は私たちよりも元気で、留学生の私にもたくさん話しかけてくれました。私が「お元気ですね」と言うと、「体が動く限り、このボランティアを続けたいと思っているんですよ」とおっしゃっていました。それから、中学生が自分から参加していたのにも驚きました。私が中学生のときは勉強以外の時間は遊ぶことしか考えていなかったからです。

　普段、こんなふうに年代の違う人たちと一緒に話すことはないので、自分の世界が広がりました。次回もこのボランティアに参加したいと思います。

134

1 新しい活動に参加する前に参加者の体験談を読んで、活動の内容や様子についての情報を得ることができる。

2 相手の都合や好みを考えながら、自分が興味を持って参加するイベントに誘うことができる。

3 世代や性別で違いがある話し方を聞いて理解することができる。

4 出会った人々との交流について話すことができる。

● 1. イリアさんはボランティアに参加する前はどんな気持ちでしたか。

● 2. イリアさんはどんな人と同じグループになりましたか。

● 3. イリアさんが次回もこのボランティアに参加したいと思ったのはなぜですか。

■ ボランティアに参加したことがありますか。

2 こんなときどうする？　　Ⓐ29

自分が興味を持って参加するイベントに知り合いを誘ってください。

A あなたは友達とフリーマーケットに出店することにしました。同じジムに通っているBさんにも来てもらいたいです。Bさんとはときどきジムで挨拶するくらいです。ジムで会ったときに、フリーマーケットについて説明し、都合を聞いて、誘ってください。

フリーマーケットについての情報

● 日時：来週の日曜日　10時〜

● このフリーマーケットには中古品でもいい物が出ていると評判です。

● 商品の値段の1割が介助犬の育成の寄付金になります。

B あなたはAさんと同じジムに通っています。Aさんとはときどきジムで挨拶するくらいです。Aさんが話しかけてきました。話をよく聞いて、Aさんの誘いを受けてください。

7

135

3 耳でキャッチ

地域のイベントの準備で、世代の違う人たちと一緒にミーティングをしています。
<small>ち いき　　　　　　　　　じゅん び　　せ だい　ちが　　　　　　　　いっしょ</small>

● 1. 大野さんは会社を定年退職してからどんなことを思っていましたか。
<small>おお の　　　　　　　　ていねんたいしょく</small>

● 2. 大野さんがこのイベントに参加するきっかけは何でしたか。
<small>おお の　　　　　　　　　　　　さん か</small>

■ 世代の違う人の話し方を聞いてどう思いましたか。
<small>せ だい　ちが</small>

4 伝えてみよう

イベントや生活の中で出会った人たちとの交流について話してください。
<small>て あ　　　　　　　　　こうりゅう</small>

1 使ってみよう

1. ～どころではない／～どころじゃない ［V-辞書形／N＋どころではない］

① 日本に来たばかりのころは生活に慣れるのに一生懸命でボランティアどころではありませんでした。

② 子：今度の休み、どこか遊びに行こうよ。

親：今は仕事が忙しくて、遊びに行くどころじゃないんだ。ごめんね。

2. ～たところ ［V-タ形＋ところ］

① ボランティアに参加してみたところ、とても楽しくてあっという間に時間がたちました。 条件看（並刻等現）復信数

② 初めて見た料理なので、おいしいかどうか心配だった。でも、食べてみたところ、とてもおいしかった。 吃看看新发現

3. ～ことになった ［V-辞書形・ナイ形ない／イAい／Nという＋ことになった］ 決心に嶺り する 自己決定

① 私は年配の女性と中学生と3人で一緒にごみ拾いをすることになりました。

② 景気が悪いので、社員旅行はしないことになった。残念だ。

③ 学校のパーティーで、お酒を飲んでもいいことになりました。

④ 今日の試合は台風のため、中止ということになった。

4. ～限り／～限りは ［普通形現在(ナAな・ナAである／Nである)＋限り］

① その女性は体が動く限り、このボランティアを続けたいと言っていました。

② 東京の都心に住んでいる限りは、車は必要ないだろう。

③ プロの選手である限り、努力するのは当然だ。

④ やせない限り、このドレスは着られない。

≫ 活動に参加する前とあとでの気持ちの変化を表すときの表現

～たところ～ました／でした		
～ました／でした。ところが、～ました／でした		
思ったより～	意外と～	予想と違って～
予想通り～	期待通り～	実際は～

7

やってみよう

新しい活動に参加した人の体験談をもう一つ読みましょう。

AKIRAのブログ

フットサルに参加して

　最近、運動不足が気になって、何でもいいから体を動かしたいと思っていたら、ネットでフットサルのチームメンバー募集を見つけた。ちょうどいい機会だと思って、参加してみることにした。

　先週の日曜日、初めて行ってみたところ、思ったより参加者の数が多くて、びっくりした。60人くらいはいたと思う。

　2回目の今日、休憩時間に僕がベンチに座っていると、隣にいた40代くらいの男の人が話しかけてきた。「さっきのシュートすごかったですねえ」。それがきっかけで、お互いのことを話すようになった。

　次の試合では、偶然にもその人と同じチームになった。お互いのことが少しわかったからか、チームプレーもうまくいったような気がする。試合中、掛け声もよく出て、その人からのボールを僕がうまくシュートすることができた。その瞬間、「イエィ!!」と、ハイタッチ。最高に気分がよかった。

　フットサルができればいいと思って参加したが、意外にもこんな出会いがあってうれしかった。

7

2 使ってみよう 予定が空く 空いているよ（剰り役 有り人）
空く 空いてますね
ア…アンナ　鈴…鈴木

ア：こんにちは。

鈴：こんにちは。今日は空いてますね。　gym 形容詞 没什么人。

ア：あのう、鈴木さんはフリーマーケットって興味がありますか。

鈴：え？

ア：実は今度さくら公園でフリーマーケットがあるんです。それに参加
しようと思ってるんですけど。　flea market

鈴：へえ。

ア：来週の日曜日なんですけど、もしお時間があったら鈴木さんにも来
てもらえるかなと思って……。　ご＋漢語　お＋和語

鈴：ああ、チラシをもらったかもしれません。

ア：このフリーマーケット、100ぐらいのお店が出るんですよ。中古品
にしてはいい物があるって評判なんです。

鈴：へえ、そうなんだ。

ア：しかも、売り上げの一部が介助犬の育成のために寄付されるんです。
例えば、300円のTシャツなら1枚につき30円の寄付ができるんで
す。

鈴：ああ、いいね。あ、でも、雨だったらどうなるの？

ア：あ、そのときは、朝7時にホームページで延期のお知らせがありま
す。

鈴：そうなんだ。じゃ、行ってみようかな。

ア：わあ、ありがとうございます！

きょうみ（興味）があります　こうふん（興奮）：その話、興味津々です。
〇〇（趣味）興味津々　もっと聞かせてください。
私の趣味は

139

1. ～かなと思って

① A：ケーキ作ってみたんだけど、Bさん、食べるかなと思って。これ。

　 B：え、うれしい。ありがとう。

② A：もしもし、今度みんなでお花見するんだけど、Bさんも行かないかなと
　　　思って電話したんだ。

　 B：あ、ありがとう。行きたい。いつ？

③ A：これ、あげる。

　 B：わあ、かわいい。どうしたの？

　 A：たまたま店で見つけたんだけど、Bさんが好きなんじゃないかなって
　　　思って。

　 B：ありがとう。

2. ～にしては　[普通形｛ナＡである／Ｎ（である）｝＋にしては]

① 例年の今ごろはもっと寒い。今日は11月にしては暖かい。

② 全然勉強しなかったにしてはいい点が取れた。

3. ～につき　[(N)＋数量詞＋につき]

① ピザお買い上げ2枚につき次回サービス券1枚さしあげます。

② しまなみ水族館の団体入場券は、1人につき100円の割引があるそうだ。

≫≫ 相手の都合や好みを考えて丁寧に誘うときの表現

あのう、～って興味がありますか／～って好きですか／～って～たことがありますか
もしよかったら、　　　　　　　　　　　一緒にどうかなと思って…… もしお時間があったら、 もし都合がよければ、　　　　　　　　　　～かなと思って～ ～（よ）うと思うんですけど、

やってみよう

興味を持って参加するイベントに知り合いを誘ってください。

A 大学の学園祭のコンサートに行くことにしました。何人かで一緒に遊んだことはありますが、まだあまり話したことがないBさんを誘いたいです。会ったときにコンサートについて説明して、Bさんの都合を聞いて誘ってください。チケットの料金は全て病気で苦しんでいる子どもたちに寄付されます。

B あなたはAさんと何人かで一緒に遊んだことはありますが、まだあまり話したことがありません。Aさんから大学の学園祭のコンサートに誘われました。説明をよく聞いて、Aさんの誘いを受けてください。

3 使ってみよう　

スタッフ　大…大野　マ…マリヤム　石…石井
川…川村　近…近藤　ナ…ナタポン

ス：じゃ、ここで5分、休憩しましょう。

大：あなたはさっきイランから来たって言ってたけど、イランから日本までどのくらいかかるの？

マ：えっと、飛行機で14時間くらいかかります。

大：へえ。ずいぶん遠い所から来たもんだねえ。

マ：はい。

石：お2人とも留学生なんですか。

マ・ナ：はい。

大：偉いよね。こうやって自分から参加するのは。

川：大野さんはどうしてこのイベントに参加されようと思ったんですか。

大：僕？　会社を定年退職してから、何かやらなきゃと思いながらも、ただ時間ばかり過ぎてしまっていたんだよ。

川：はあ。

なってしまて

大 ： うちのかみさんが毎日楽しそうにどこかへ出かけるのを見るにつ
け、うらやましくなっちゃってね。たまたま、市のお知らせで このイベントのことを知って、参加してみようかなと思ったわけ。 週末

川 ： そうだったんですか。 たんですね

大 ： 来てみたら、人が多くて、びっくりしたよ。こんなに多いんじゃ、同
じグループの人の名前さえ覚えられないよ。 のびます

川 ： 大丈夫ですよ。このイベントの準備って3か月ぐらい続きますから。
ね？ は

石 ： ええ。

川 ： えっと……近藤さんでしたよね？　高校生？

近 ： はい。そうっす。 そうです

川 ： 緊張しなくても大丈夫よ。みんな初めて会ったんだし。

近 ： 緊張っていうか、自分、ちょっと人見知りするほうなんで……。

大 ： ま、だんだん慣れるよ。男同士、頑張ろうな。君も一緒にな。

ナ ： あ、はい。

1. ～もんだ／～ものだ [V-普通形／イAい／ナAな＋もんだ]

① Ａ ： 北海道の知床って自然が素晴らしい所らしいよ。

Ｂ ： へえ、いつか行ってみたいもんだね。

② 月日のたつのは早いものだ。この間お正月だと思ったら、もう半年たって
しまった。

2. ～ながら(も) [V-マス形・ナイ形ない／イAい／ナA(であり)／N(であり)＋ながら(も)]

① 健康によくないとは知りながらも、ついたばこを吸ってしまう。

② 楽しみにしていた旅行だが、残念ながら病気で行けなくなってしまった。

3. ～につけ(て) [V-辞書形＋につけ(て)]

① この音楽を聞くにつけ、子どものころを思い出す。

② 母からの手紙を読むにつけて、頑張らなければと思う。

4. 〜さえ ［N（＋助詞）＋さえ］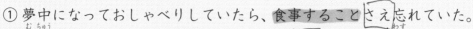

① 夢中になっておしゃべりしていたら、食事すること さえ 忘れていた。

② この料理は作り方が簡単です。子どもで さえ 作れます。

③ 大学をやめること を両親に さえ 相談しないで決めた。

≫≫ 自分や相手を呼ぶときのことば

あたし 我

僕 我（男性指稱自己，通常為對同伴或晚輩交談時使用）
ぼく

俺 我（男性指稱自己，比「僕」更不正式）
おれ　　　　　　　　　　　　　　　ぼく

自分 己

〜さん 〜先生、〜小姐、〜女士

〜君 代替「〜さん」接在名字後面的接尾詞
くん

〜ちゃん 代替「〜さん」接在小孩子名字後面的接尾詞

あなた 你　　　　　　　　　君 你
　　　　　　　　　　　　　　　　　きみ

あのう…… 那個……　　　ねえ 喂、欸　　　ちょっと 一會、一點

やってみよう　　　　　　　　　　　　　　　　　　A 31

他の日のミーティングに参加しています。聞きましょう。
ほか　　　　　　　　　　　さんか

7

　私は夏休みに1週間、静岡県へホームステイに行ってきました。静岡県まで電車で行きました。夏休みなので、電車が混んでいるんじゃないかと思っていましたが、予想に反して空いていて、ゆっくり景色を楽しむことができました。駅に着くと、ホストファミリーが笑顔で迎えてくれました。

　ホストファミリーは私にたくさん話しかけてくれましたが、最初のころは緊張してうまく話せませんでした。でも、いろいろなことを一緒に体験するうちにだんだん親しくなりました。着いた次の日は海に行きました。私のふるさとは山に囲まれた所なので、初めて広い海を見て感動しました。ホストファミリーと一緒に、海で泳いだのはいい思い出です。また別の日は、ホストファミリーのおばあさんの畑へ行って仕事を手伝いました。80歳なのに、おばあさんは歩き方からして若々しくて驚きました。大きなスイカを持ち上げて、トラックまで運んでいました。仕事が終わったあとで、みんなでスイカを食べました。甘くておいしかったです。

　帰るときは本当に悲しく、涙が出てしまいました。帰ってからしばらくたったある日、ホストファミリーから荷物が届きました。中におばあさんが作った野菜と孫のゆうた君が描いてくれた、私と家族の絵が入っていました。日本の家族ができたような気がしました。ホームステイに参加して本当によかったです。

1. 〜に反し(て)／〜に反する／〜に反した ［N＋に反し(て)］

① 今年は気象庁の予想に反して、暖冬になった。

② 親の期待に反することばかりしてきたので、これからは親孝行したい。

2. 〜うちに ［V-辞書形・テ形いる・ナイ形ない＋うちに］

① 昨日の夜は音楽を聞いているうちに眠ってしまった。

② 夢中になって本を読んでいたら、知らないうちに外が暗くなっていた。

3. 〜からして ［N＋からして］

① この本はタイトルからして難しそうだ。

② A：この旅館は歴史があるそうだよ。

　 B：なるほど。玄関からして立派だね。

≫≫ 交流の体験を述べるときに使うことば・表現

出会う 相遇	知り合う 認識	緊張-する 緊張
体験-する 體驗	話しかける 搭話	触れる 接觸
驚く 驚訝	実感-する 實感・確實感到	見つめ直す 重新審視
視野が広がる 拓展視野	貴重(な) 重要(的)	新鮮(な) 新鮮(的)
充実した 充實的		

やってみよう

周りの人と経験を共有しましょう。

いつから友達言葉にしたらいい？

　同年代の日本人とせっかく友達になったのに、なかなか友達言葉で話せないとか、いつから友達言葉にしたらいいかわからないとかいう話を留学生の友達から聞いた。そんなことを今まで考えたことがなかった。それで、私たち日本人はどうだろうと思って、同じ大学の友達何人かに「初めて会った同年代の人とどんな言葉で話す？」と聞いてみた。すると、次のような答えが返ってきた。

　「初めて会った人とはタメ口で話さない。相手に最初からタメ口で話しかけられたら違和感があるよね」「最初は『です・ます』で話すよ。でも、共通の友人がいたら、すぐにタメ口になることが多いかな」。

　タメは同年代とか対等ということ、タメ口というのはつまり同年代の間で使う友達言葉だ。これらの回答で、同年代でも初対面から友達言葉で話す人は少ないことがわかった。また、友達言葉になるタイミングは、出身地や趣味など共通の話題が見つかったときが多いようだ。例えば、次のような場合だ。

　A：出身はどこですか。

　B：岡山です。

　A：え、私も。

　B：ほんと！　岡山のどこ？

　A：倉敷。

　B：え！　近いよ。私、高梁。

「初めて会った人と話すとき、どうやって話題を見つける？」という質問には「自分のことをまず話して、その中で相手が興味を持ってくれたことを話題にしている」「じゃ、もし相手が外国人だったら？」という質問には「どんなことを話していいかわからないから、相手に先に話してもらう。国のことから発展させて、相手が得意な分野で自分も話せる話題を見つけようとするかな」と回答があった。このことからもわかるように、人はどのような相手でも、まず共通の話題を探そうとするようだ。例のように出身が近いなどの共通の何かがあればより親しくなれる

7

からだろう。そして、共通の話題で心が近づいたタイミングで自然に友達言葉になっていく。

　ただし、外国人にはいつ友達言葉を使ったらいいかという判断は難しいかもしれない。親しくなった相手に思い切って直接聞いてみるのも一つの方法だろう。

● 1. 筆者の友達は初めて会った人とどんな言葉で話すと言っていますか。
● 2. 友達言葉になるのはどんなときですか。
■ 日本人の友達ができたけれど、友達言葉にしていいかどうかわからないとき、あなたはどうしていますか。

=ことば=

同年代 相同年代	すると 於是	返る 回去	タメ口 口語
違和感 不自然的感覺	共通-する 共通，共有	友人 朋友，友人	
対等（な）對等，平等（的）	回答-する 回答	初対面 初次見面	タイミング 時機
話題 話題	分野 領域	より～（より早く）更加（更快）	
判断-する 判斷	思い切って 斷然，毅然決然		

できる！

ボランティアやサークル活動などいろいろな人と交流できる活動に参加しましょう。世代の違う人と交流して感じたことや考えたことを周りの人に伝えましょう。

1.どんなボランティアや活動があるか調べましょう。

2.実際に参加してみましょう。

3.参加して感じたこと、考えたことを発表しましょう。

7

ことば

1

1.	たいけんだん	体験談	經驗談
2.	かいがん	海岸	海岸
3.	ねんだい	年代	年代
4.	～わけ（グループわけ）	～分け（グループ分け）	分成～（分組）
5.	ねんぱい	年配	年長者
6.	いる	要る	需要
7.	～いがい（べんきょういがい）	～以外（勉強以外）	～以外（唸書以外）
8.	けいき	景気	景氣
9.	としん	都心	市中心（主要指東京中心區）
10.	ドレス		洋裝
11.	どりょく-する	努力-する	努力
12.	とうぜん（な）	当然（な）	當然
13.	ブログ		部落格
14.	フットサル		室内5人制足球
15.	ネット（インターネット）		網路
16.	メンバー		成員
17.	かず	数	數量
18.	～だい（よんじゅうだい）	～代（40代）	年齡範圍（40幾歲）
19.	シュート-する		射擊
20.	おたがい	お互い	互相

21. チームプレー		團隊合作
22. きがする	気がする	感覺到・注意到
23. かけごえ	掛け声	加油聲・口號
24. しゅんかん	瞬間	瞬間
25. ハイタッチ-する		擊掌
26. いがい(な)	意外(な)	意外(的)
27. であい	出会い	相遇

2

1. しゅってん-する	出店-する	展店
2. ちゅうこひん	中古品	二手貨
3. かいじょけん	介助犬	輔助犬
4. いくせい-する	育成-する	訓練
5. きふ-する	寄付-する	捐獻
6. ～きん(きふきん)	～金(寄付金)	～款(捐款)
7. うける(さそいをうける)	受ける(誘いを受ける)	接受(接受邀請)
8. うりあげ	売り上げ	銷售額
9. いちぶ	一部	一部分
10. いまごろ	今ごろ	這個時期
11. てん	点	分數
12. たまたま		湊巧

13. だんたい	団体	團體
14. がくえんさい	学園祭	校慶
15. すべて	全て *すべ*	全部
16. くるしむ	苦しむ 苦しい	使痛苦

3

1. せだい	世代	世代
2. ミーティング-する		開會
3. ていねん	定年	退休年齡
4. たいしょく-する	退職-する	退休
5. ～とも（ふたりとも）	～とも（2人とも）	～都（兩人都）
6. ただ		只是
7. かみさん *おく お＜奥＞さん*		夫人
8. うらやましい		羨慕
9. ひとみしり-する *人見こ*	人見知り-する	怕生
10. ～どうし（おとこどうし）	～同士（男同士）	～同伴（男性同伴）
11. な（がんばろうな）	な（頑張ろうな）	～吧（加油吧）
12. すばらしい	素晴らしい	很棒
13. いつか、どこか		總有一天
14. つきひ	月日	歲月
15. むちゅう（な）	夢中（な）	沈迷

7

151

4

1. むかえる	迎える	迎接
2. かんどう-する	感動-する	感動
3. わかわかしい	若々しい	年輕
4. もちあげる	持ち上げる	(用手)舉起
5. トラック		卡車
6. まご	孫	孫子
7. きしょうちょう	気象庁	日本氣象廳
8. だんとう	暖冬	暖冬
9. きたい-する	期待-する	期待
10. おやこうこう-する	親孝行-する	盡孝道
11. タイトル		標題
12. りっぱ(な)	立派(な)	優秀(的)

7

第8課
気持ちを伝える

話してみよう

チャレンジ！

A 33

1 こんなときどうする？

アルバイト先の店長に丁寧に頼んで、許可をもらってください。
<small>てんちょう　ていねい　たの　　　　きょか</small>

A あなたはアルバイトをしています。来月末の１週間、国から日本へ家
族が来ることになりました。家族は日本語が全くわからないので、日
<small>ぞく　　　　　　　　　　　　　　　　　　　　　　　　　　　　　　　　まった</small>
本にいる間一緒にいて、いろいろなところを案内したいです。あなた
<small>あいだいっしょ　　　　　　　　　　　　　　あんない</small>
が休む間、同僚の田中さんがアルバイトに入ると言っています。休み
<small>　　　あいだ　どうりょう　たなか</small>
をもらえるように店長に丁寧に頼んでください。
<small>　　　　　　　　てんちょう　ていねい　たの</small>

B あなたは店長です。店は月末とても忙しいです。Ａさんの話をよく聞
<small>てんちょう　　　　げつまつ　　　いそが</small>
いて、アルバイトを休む許可を出してください。
<small>　　　　　　　　　　きょか</small>

2 見つけた！

雑誌でメッセージの伝え方について書かれた記事を見つけました。
<small>ざっし　　　　　　　　　つた　　　　　　　　　　　きじ</small>

一筆箋で伝わる気持ち
<small>いっぴつせん　つた</small>

　一筆箋は縦18センチ×横８センチほどの細長い便箋
<small>いっぴつせん　たて　　　　　　よこ　　　　　　　　　ほそなが　びんせん</small>
です。手紙のような堅い挨拶や、こう書かなければな
<small>　　　　　　　かた　あいさつ</small>
らないというルールもないので、簡単な挨拶からすぐ
<small>　　　　　　　　　　　　　　　かんたん　あいさつ</small>
に本題に入り、メールを書くような気持ちで書けばい
<small>　ほんだい</small>
いのです。

　手書きの一筆箋で手軽にあなたの気持ちを伝えましょう。
<small>てが　　いっぴつせん　てがる　　　　　　　　　　　　つた</small>

どんなときに使う？

● 誕生日などの贈り物をするとき、ちょっとお礼を言いたいとき
<small>たんじょうび　　　おく　　　　　　　　　　　　　れい</small>

「お誕生日おめでとうございます。素敵な１年になるといいですね」
<small>たんじょうび　　　　　　　　　すてき</small>
「この間はどうもありがとうございました」
「○○さんのおかげで仕事がうまくいきました。国のお菓子です、ど
<small>　　　　　　　　　　　　　　　　　　　　　　　　かし</small>
うぞ」

1960

年賀状

1. 理由を話して、相手に丁寧に許可を求めることができる。
2. メッセージの伝え方について知って、自分の生活に生かすことができる。
3. 相手の愚痴を聞いて気持ちを理解することができる。
4. メールを読んで、送った人の励ましの気持ちを理解することができる。
5. 気持ちの伝え方について自分の考えを理由とともに述べることができる。

● **仕事で商品や書類、資料を送るとき**

「いつもお世話になっています。資料をお送りします。どうぞよろしくお願いいたします」

　受け取った人は「気が利く人だな」「丁寧な人だな」などと思って、あなたにいい印象を持つでしょう。

　送る相手や内容に合わせて、イラストなどを選べば、気持ちはさらに伝わります。

● 一筆箋というのはどんなときに使うものですか。
■ 手書きと機械で印刷されたメッセージ、それぞれから受けるあなたの印象はどうですか。

3 **耳でキャッチ** Ⓐ34 Ⓐ35

アルバイト先の同僚、田村さんと小林さんと一緒に居酒屋に来ました。居酒屋で田村さんの愚痴を聞いています。

● 1. 田村さんはどうして店長に注意されましたか。
● 2. どうして田村さんはお客さんの注文を断れなかったのですか。
■ もしあなたが田村さんだったら、どうしていたと思いますか。

155

4 **こんなときどうする？**

アルバイト先の同僚からメールが来ました。メールを読んで、どんな気持ちになりましたか。

あなたはアルバイト先で、お客さんへの言葉遣いを間違ってしまいました。お客さんは怒って帰ってしまい、店長にも厳しく注意されました。ショックを受けて落ち込んでいます。家に帰る途中で、同僚のエマさんからメールをもらいました。

22:08

Subject	お疲れさま(^o^/)
From	エマさん

ワンさん、こんばんは。エマです。

今日、お店を出るとき元気がなかったけど大丈夫？　バイト始めたばかりだから大変だよね。実は、私も最初はわからないことが多くて大変だったよ。失敗ばかりしてたんだ。最初はよくあることだから、気にすることはないと思うよ。店長、言葉遣いのことになると、厳しいからね。でも、店長にしたら、少しでも早く仕事を覚えてほしいんだと思うよ。

今はちょっと大変かもしれないけど頑張ってね。元気出してね！　じゃ、また明日。

5 **伝えてみよう**　A 36

好きだという気持ちを相手に伝えるとき、どんな方法で、どんな言葉で伝えますか。その理由も話してください。

使ってみよう やってみよう

1 使ってみよう A 33

□…ロハン　店…店長

□：あのう、店長、今よろしいですか。

店：あ、ロハンさん、どうしたの?

□：来月の シフト のこと なん ですが……。shift 排班之

店：来月のシフト?

□：はい。すみませんが、来月、1週間、アルバイトを休ませていただけませんか。実は、国から家族が来る ん です。説明

店：ああ、そう。 それで 、いつからいつまで?

□：23日から30日まで なん ですが。

店：えっ、月末?　うーん、忙しいとき だ ねえ。

□：はあ……、すみません。でも、みんな日本語 が わからないものですから、私が案内しなければならなくて……。その間、私の代わりに、田中さん が 入るって 言って くださっているんですが。

店：あ、そうか。じゃ、大丈夫だね。わかった。

□：ありがとうございます。ご迷惑をかけてすみません。

1. ~のことなんですが 🔊

① A：あのう、明日のシフト のことなんですが 、田中さんが代わってくれることになりました。

B：そうですか。わかりました。

② A：パーティーの会費のこと なんだけど ……。

B：あ、1人2,000円になった らしいよ

2. ~(さ)せていただけませんか 🔊

① A　　：すみません、頭が痛い ので 早く帰らせていただけませんか。

店長　：大丈夫ですか。わかりました。気を付けて帰ってください ね

② A　　：すみません、あさっての回収日まで古い冷蔵庫をごみ置き場に置かせていただけませんか。

管理人：じゃあ、邪魔にならないように 置いといて くださいね。

157

3. 〜もので す から／〜もの だ から／〜もの で　[普通形（ナＡな／Ｎな）+ものですから]

① Ａ　：この茶色のかばん、色違いがありますか。

　店員：あ、黒があったんですが。今ちょうど売れてしまったものですから
　　　　……申し訳ありません。

② Ａ　：Ｂさん、心配しましたよ。

　Ｂ　：遅れてすみませんでした。電車が事故で動かなくなってしまったん
　　　　ですが、携帯を忘れたもので、連絡できなかったんです。

　Ａ　：そうですか。それは大変でしたね。じゃ、会議を始めましょう。

4. 〜の代わりに／〜に代わって　[Ｎ+の代わりに]

① 出張中の部長の代わりに課長が朝礼でスピーチをした。

② 店長：今日、山本さんに代わってＡさんがレジ係をしてください。

　Ａ　：はい、わかりました。

≫ 目上の人に丁寧に許可を求めるときに使う表現

今、よろしいですか／今、お話ししてもいいですか

あのう、〜のことなんですが…

申し訳ありませんが／すみませんが、

〜（さ）せていただけませんか／〜（さ）せていただきたいんですが……

実は、〜んです／〜ので……／〜ものですから……

やってみよう

アルバイト先の店長に丁寧に頼んで、許可をもらってください。（大使館へ行く、大学のオープンキャンパスに参加する、専門学校を受験する、一時帰国する、など）

A：お話しでもいいですか。

いいよ。どうしたの？　　重病（じゅうびょう）

A：急に祖母は病気になったので、一時帰国すること
　になってしまったんだけど、一週間休ませていただけませ

B：そうなんですか！いつからいつまでですか。

A：来週の水曜日から日曜日までです。B：はい、わかりまし

1.～おかげで／～おかげだ　［普通形(ナＡな・ナＡである／Ｎの・Ｎである)＋おかげで］

① 田中さんのおかげで仕事がうまくいきました。

② 山田さんが地図を書いてくれたおかげで迷わず会場へ行けた。

③ いつもおいしい物が食べられるのは、ルームメイトが料理が上手なおかげ
です。

>>> 気持ちを伝える挨拶表現

いつもお世話になっています

先日はお世話になりました

この間はありがとうございました

お久しぶりです

私は相変わらず元気です

気に入ってもらえるとうれしいです

お誕生日おめでとうございます。素敵な１年になるといいですね

ご結婚おめでとうございます。いつまでもお幸せに

ってね。

メッセージの伝え方について書かれた記事をもう一つ読みましょう。

見直したい……手書きのよさ

　最近は手紙やはがきを書くことが少なくなって、メールで用事を済ませてしまうことが多くなりました。でも、相手に自分の思いを伝えたい、そんなときには手書きがいいと考える人が多いようです。手書きでは書いた人の温かさが伝わるからでしょう。

■手書きのメッセージを送りたいのはどんなとき？　どう伝える？

● お世話になった方へお礼の気持ちを伝えたい
　　……「先日はお世話になりました」
● 長い間会っていない友達に近況を伝えたい
　　……「お久しぶりです。お元気ですか。私は相変わらず元気です」
● 結婚や出産をした友達にお祝いの気持ちを伝えたい
　　……「ご結婚おめでとうございます。いつまでもお幸せに」
　　　　「赤ちゃん誕生おめでとうございます」
● ちょっとした贈り物に一言を添えたい
　　……「先日旅行したときのお土産です。気に入ってもらえるとうれ
　　しいです」

　メッセージを書くときに大切なのは相手を思う気持ちです。絵を描いたり、季節に合わせた切手を貼ったりするのもいいですね。

田…田村　　小…小林　　ロ…ロハン

田：あーあ、今日は大変だった**んだよ**。ラストオーダーのあとで追加の
　　注文をするお客さんがいて。

小：へえ、そうだったんだ。それで、どうしたの？

田：ラストオーダーだって僕が言いに行ったときには、そのお客さん、
　　「はーい、もう注文ないよー」って言ったくせに、「そんなこと言って
　　ない」って、生ビールを追加で注文したんだよ。

小：へえ、大変だったね。

田：注文を受けた**せいで**、店長にも注意されちゃったんだ。

小：断れなかったの？

田：そりゃあ、断れないよ。

ロ：そうですよね。

田：無理にきまってるよ。お客さんを怒らせたら大変だからね。ま、お
　　客さんは喜んで帰ってくれたけど。

小：うん。でも、受ける前に店長に聞けばよかったかもね。

田：うん……。

1.〜くせに　［普通形（ナAな／Nの）＋くせに］

① お兄ちゃん、自分では何もしないくせに、人にはやれやれって言うんだか
　 ら嫌になっちゃう。
② 自分で全部やるって言ったくせに、途中でやめて帰っちゃうなんて！

2.〜せいで／〜せいか／〜せいだ　［普通形（ナAな・ナAである／Nの・Nである）＋せいで］

① 渋滞のせいで、帰宅が予定よりも3時間も遅くなってしまった。
② 暑さのせいか最近食欲がない。
③ 今日足が痛いのは、昨日久しぶりに運動したせいだ。

161

3.～にきまっている　[普通形 {ナＡ（である）／Ｎ（である）} ＋にきまっている]

① Ａ：田中さん、遅刻？　どうしたんだろう。

　　Ｂ：<u>二日酔い</u>にきまってるよ。昨日、たくさんお酒を飲んでたから。

② Ａ：そんなに無理をしたら、体を壊すにきまってる。休んだほうがいいよ。

　　Ｂ：うん、ありがとう。

4.～（さ）せる　[Ｖ-使役形]　＊Ｖは気持ちを表す動詞

① お客さんの目の前でお皿を割って驚かせてしまった。　讓客人嚇一跳

② 彼は恋人を喜ばせるために、サプライズパーティーの準備をした。

≫≫ 愚痴を言うときの表現

> あーあ　　もう！　　まったく！　　もう頭に来る！
>
> せっかく～のに　　真是的　　真惹人（怒氣衝上沖）
>
> どうして／なんで～んだろう
>
> どうして／なんで～てくれないんだろう
>
> （私／～ちゃん…）ばっかり～
>
> ～くせに　　　～せいで
>
> やってられない！／やってらんない！
>
> 信じられない！／信じらんない！
>
> 嫌になっちゃう！／やんなっちゃう！

やってみよう　

他の人も愚痴を言っています。聞きましょう。

1.〜ことはない　[V-辞書形＋ことはない]

① できなくても、がっかりすることはないよ。これから覚えればいいから。

② A：旅行に行くのにスーツケースを買わなくちゃ。

　　B：わざわざ買うことはないよ。私のを貸してあげるから。

2.〜のことになると／〜のこととなると　[N＋のことになると]

① 母は食事のマナーのことになるとうるさい。

② 佐藤さんは好きな料理のこととなると話が止まらなくなる。

逃在〜立場　従〜的角度

3.〜にしたら／〜にすれば／〜にしてみたら／〜にしてみれば　[N＋にしたら]

① 日本人にすれば簡単な挨拶でも、外国の人にしてみたらとても難しいかもしれない。

② A：うちの母親、口うるさくて嫌になっちゃうよ。

　　B：でも、お母さんにしてみればAさんのことが心配なんじゃないの。

≫≫ 友達を慰めるときの表現

大丈夫？	大変だったね	よくあることだよ
気にすることはないと思うよ		あんまり気にしちゃ駄目だよ
元気出してね／元気出せよ		在意

親は子供への期待があって、たくさん塾に行かせるけど、子供にしたら、ただのストレスしか感じない。

やってみよう

アルバイト先の同僚からメールが来ました。メールを読んで、どんな気持ちになりましたか。

あなたは喫茶店でアルバイトを始めたばかりです。今日、お客さんが注文したコーヒーのカップを倒して、お客さんの服を汚してしまいました。店長が出てきて、お客さんの前であなたのことを叱りました。あなたは今までこのような経験がなかったので、とても驚いて、ショックを受けました。アルバイトから帰る途中、同僚の田村さんからメールをもらいました。

≡ 20:15

| Subject | 大丈夫？ |
| From | 田村さん |

田村です。お疲れさま〜
大丈夫？　店長に怒られたこと、気にしてるんじゃない？　あれは、店長が本気で怒ったんじゃないよ。店長にしてみたら、お客さんの前だったから、わざと強く言ったんだと思うよ。だから、元気出してね。
じゃ、また明日ね＾＾

5　使ってみよう

A-36

　私は人に好きだという気持ちを伝えるときには、その人に会って直接言います。顔を見て伝えると、相手の様子がよくわかるからです。確かに、直接言うのはとても緊張しますが、電話では顔が見えないし、メールや手紙では声も聞こえないので、相手の本当の気持ちがわかりにくいと思います。それから、もう一つの理由は記録に残したくないからです。もしメールや手紙で伝えたら、相手のところに記録が残ってしまいます。返事が「ノー」の場合には、相手のことを思い出すたびに、その記録が消えたかどうか気になると思います。「会って伝えればよかったのに、どうしてメールにしちゃったんだろう」と後悔しないために、直接言うのがいいと思います。

1. 〜たびに ［V-辞書形／Nの＋たびに］

① 彼女は恋人から電話がかかってくるたびに笑顔になる。

② この地域は台風のたびに大きな被害が出る。

2. 〜ば／〜なら(ば)／〜たら、〜たのに ［V／イA／ナA／N-条件形・夕形ら＋〜たのに］

① もっと優しい話し方をすればよかったのに、なんであんなに冷たい言い方を
してしまったんだろう。

② すぐタクシーで行ったら間に合ったのに、バスに乗ったから遅れてしまった。

≫ **自分の考えを理由と一緒に言うときに使う表現**

〜し、〜ので、〜と思います
というのは／理由は〜からです
確かに〜が、〜ので、〜と思います
もし〜たら、〜てしまいます。だから、〜
〜た場合には、〜かもしれません。だから、〜
〜ために ｜ 〜ほうがいいと思います 〜なら ｜ 〜のがいいと思います

やってみよう

周りの人と考えを共有しましょう。

8

包む

　日本で日本語を勉強する留学生にとって、日本の習慣には驚くことがたくさんあるそうです。そのうちの一つに「包む」ということがあります。

　1人の留学生が弟さんのために誕生日プレゼントを買いに行ったときのことです。店の人に包装の仕方についていろいろ聞かれたけれど、よくわからなかったので彼は「お任せします」と言いました。すると、店員さんは、まずプレゼントを箱に入れて、きれいな包装紙で包んで、さらにリボンをかけてから紙の袋に入れてくれました。彼は、紙やリボンは捨ててしまうものなのに、少しもったいないと思ったそうです。

　確かに日本の店ではプレゼントとして品物を買うと、とても丁寧に包んでくれることが多いです。自分で包装するためのラッピンググッズを売る店もありますし、ラッピング教室などでおしゃれな包み方を練習する人もいます。なぜそんなにきれいに包むのでしょうか。

　平安時代、貴族が贈り物をするとき、紙で包んで贈っていたと言われています。紙を作るときは、何度も水にさらして汚れを取ります。そのため、当時の人たちは紙で贈り物を包むと、中の品物を悪いものや汚いものから守ってくれると考えたようです。また当時、紙はとても高価なものでした。その高価な紙を使って贈り物を包むことは、相手を大切に思っているという気持ちの表れになりました。

　このようなことから、日本では、昔から包むことが、相手を思う気持ち、相手を喜ばせたいという気持ちを表すと考えられてきました。だから今でも、プレゼントをきれいに丁寧に包んで贈るのです。プレゼントをもらった人は、きれいな包装紙で包まれたプレゼントをゆっくり見て楽しんでから、丁寧に開けます。包装紙は破らずに、ブックカバーなどにして使う人もいます。

　今度、誰かにプレゼントを贈るとき、あるいは誰かからプレゼントを受け取るときに、包み紙も含めた全てがプレゼントだと考えてみるのはどうでしょうか。プレゼントをしたりもらったりする楽しさがぐっと広がりますよ。

● プレゼントを包むことはどんな気持ちを表していますか。

■ プレゼントを丁寧に包むことについてどう思いますか。

=== ことば ===

包装-する 包装 ほうそう	仕方 方法 しかた	任せる 託付 まか	箱 箱子 はこ
包装紙 包裝紙 ほうそうし	リボン 緞帶	かける（リボンをかける）	繫（繫緞帶）
ラッピング-する 包裝	グッズ 商品	貴族 貴族 きぞく	さらす 身陷・暴露
当時 當時 とうじ	高価（な）高價（的） こうか	表れ 表現 あらわ	破る 弄破 やぶ
ブックカバー 書套・書衣	あるいは 或者	含める 包含 ふく	ぐっと 顫・相當地

■ できる！

いつもお世話になっている人に感謝の気持ちを伝える、いつもより元気のない友
達を励ます、迷惑をかけた人に謝るなど、自分の今の気持ちを状況に合った手段
で伝えましょう。

ことば

1

1. きょか-する　　　許可-する　　　許可
2. 〜まつ（らいげつまつ）　　〜末（来月末）　　〜底（下個月底）
3. まったく　　　全く　　　完全
4. どうりょう　　　同僚　　　同事
5. かける（めいわくをかける）　　かける（迷惑をかける）　　添（添麻煩）
6. かいしゅう-する　　　回収-する　　　回收
7. おきば　　　置き場　　　置物處
8. いろちがい　　　色違い　　　不同顔色
9. もうしわけありません　　申し訳ありません　　深感抱歉　　ごめんごめん
10. ちょうれい　　　朝礼　　　晨會
11. オープンキャンパス　　　　　　校園開放參觀
12. いちじきこく　　　一時帰国　　　短暫回國
13. きこく-する　　　帰国-する　　　回國・歸國

8

2

1. メッセージ　　　　　　訊息
2. いっぴつせん　　　一筆箋　　　一筆籤
3. つたわる　　　伝わる　　　傳達
4. たて　　　縦（たて）　横（よこ）　　縦
5. 〜センチ（じゅうはっせんち）（18センチ）　　　〜公分（18公分）
6. ほそながい　　　細長い（ほそながい）　　細長

7.	びんせん	便箋	便條
8.	かたい	堅い	堅固
9.	ほんだい	本題	主旨
10.	てがき	手書き	手寫
11.	おくりもの	贈り物	禮物
12.	おせわになっています	お世話になっています	承蒙照顧
13.	きがきく	気が利く 気が利かない	考慮周全的
14.	きかい	機械	機器
15.	いんさつ-する	印刷-する	印刷
16.	すませる	済ませる	完成
17.	おもい	思い	想法
18.	せんじつ	先日	前陣子
19.	きんきょう	近況	近況
20.	おひさしぶりです	お久しぶりです	好久不見
21.	あいかわらず	相変わらず	和往常一樣
22.	しゅっさん-する	出産-する	生產
23.	ちょっとした		相當
24.	ひとこと	一言	一句話
25.	そえる	添える	附上
26.	きにいる	気に入る	喜歡

170

3

1. ぐち	愚痴	抱怨
2. ラストオーダー		最後點餐
3. ついか-する	追加-する	加點
4. なまビール *とりあえず*	生ビール	生啤酒
5. じゅうたい-する	渋滞-する	塞車
6. きたく-する	帰宅-する	回家
7. ひさしぶり (な)	久しぶり (な)	很久
8. こわす (からだをこわす)	壊す (体を壊す)	弄壞（弄壞身體）
9. わる	割る *わ*	弄破
10. サプライズパーティー		驚喜派對

4

1. ことばづかい	言葉遣い	用字遣詞
2. まちがう	間違う	弄錯
3. ショック		驚嚇
4. うける (ショックをうける)	受ける (ショックを受ける)	受到（受到驚嚇）
5. おちこむ	落ち込む	沮喪
6. わざわざ		特地
7. たおす	倒す	弄倒
8. よごす	汚す	弄髒
9. ほんき (な)	本気 (な)	真心 (的)

10. わざと 故意

5

1. こうかい-する 後悔-する 後悔

2. なんで 為什麼

8

第9課
だい か
言葉を楽しむ
こと ば

2024. 3. 25

話してみよう

早口言葉 tongue twister
はや くち こと ば

隣の客はよく柿食う客だ
となり　　　　かき く きゃく
赤パジャマ黄パジャマ茶パジャマ
あか　　　き　　　　ちゃ

カエルぴょこぴょこ三ぴょこぴょこ frog
　　　　　　　　　　　み
合わせてぴょこぴょこ六ぴょこぴょこ
あ　　　　　　　　　　　む

回文
かい ぶん

トマト

新聞紙　しんぶん
しんぶんし　しむし

冷凍トイレ
れいとう

マウス押す馬
　　　お

わたし、崖でけがしたわ
　　　　がけ

なぞなぞ

せかい

世界の真ん中にいる虫は？　蚊
せ　い　ま なか　　　　むし　　　か

すごく堅くて食べられないパンは？
　　　かた　た
　　　　　　　　　　フライペン

いつも修理が必要な調味料は？
　　　しゅうり　ひつよう　ちょうみりょう

こしょう
故障

173

1　見つけた！

新聞に詩とその詩について書かれた感想が載っていました。

2024.3.25

私の好きな詩

1903
-
1930

わたしと小鳥とすずと　金子　みすゞ

わたしが両手をひろげても、
お空はちっとも飛べないが、
飛べる小鳥はわたしのように、
地面を速くは走れない。

わたしが、からだをゆすっても、
きれいな音はでないけど、
あの鳴るすずはわたしのように、
たくさんの唄は知らないよ。

すずと、小鳥と、それからわたし、
みんなちがって、みんないい。

私の好きな詩は金子みすゞの「わたしと小鳥とすずと」という詩です。この詩に出合ったときの感動は忘れがたいものです。初めてこの詩を読んだのは中学のときでした。

父の仕事の都合で、長い間海外で暮らした私は、帰国後うまく言葉が話せず、何でも人よりり遅れがちでした。どうしてみんなと同じようにできないのだろうと悩んでいました。そんなとき「みんなちがって、みんないい」という言葉に出合い、とても励まされたのです。そして、時間がたつとともにそんな悩みも消えていきました。

あとで知ったのですが、金子みすゞの人生は決して明るいものではなかったそうです。彼女が生きた時代は、一人一人の個性や違いが大切にされていませんでした。この詩は自分らしさを認められなかった彼女の経験をもとにして書かれているように感じました。「みんなちがって、みんないい」という言葉には自分のままで生きていきたいという思いが込められているのだと思います。

〈佐藤みほ　36歳会社員〉

『金子みすゞ童謡集　わたしと小鳥とすずと』JULA出版局（1984）

9

1 詩を味わうために、その詩について書かれた感想を読んで詩について知ることができる。

2 語呂合わせの説明を聞いて、言葉のおもしろさを知ることができる。

3 擬音語や擬態語を知って、日本語の表現のおもしろさを知ることができる。

4 日本語を使う楽しさや難しさについて、経験をもとに話すことができる。

5 日常生活の中で耳にした日本語に関する質問をしたとき、その答えを聞いて理解することができる。

● 1. 佐藤さんは帰国後どんなことに悩んでいましたか。

● 2. 佐藤さんはこの詩のどの言葉に励まされましたか。

■ この詩を読んでどう思いましたか。

2　耳でキャッチ　

コマーシャルを見たあとで、そのコマーシャルのおもしろさについて友達が話しています。

● 山口さんは数字をどうやって覚えたらいいと言っていますか。

■ このような電話番号の覚え方を他に聞いたことがありますか。

> ご注文はフリーダイヤル
> 0120-508-315

9

こんなときどうする？

4こま漫画のせりふを考えてください。
  まんが

雑誌で4こま漫画のせりふコンテストを見つけました。おもしろそうな
ざっし   まんが
ので、コンテストに参加することにしました。登場人物の様子に合わせ
        さんか   とうじょうじんぶつ ようす
てせりふや言葉を考えてください。
    ことば

---

4 **伝えてみよう**   A 39

日本語で話したときの経験(言いたいことがうまく話せてうれしかったこと、
          けいけん
勘違いして恥ずかしかったこと…)をそのときの気持ちと一緒に話してくださ
かんちが は   いっしょ
い。

5 **耳でキャッチ**   A 40 A 41

日本語で疑問に思ったことを友達が先生に話しています。
    ぎもん

● マリヤムさんは電車の中で聞く女子高生の言葉についてどう思っていますか
              じょしこうせい ことば
■ 日本人の友達と日本語の話し方について話したことがありますか。

使ってみよう やってみよう

1 使ってみよう 2024. 3. 25

1. ～がたい [V-マス形＋がたい]

① この詩に出合ったときの感動は 忘れがたい ものです。

② ペットを捨てるなんて、 許しがたいこと だ。 許せないこと

2. ～ように [普通形（ナＡな・ナＡである／Ｎの・Ｎである）＋ように]

＊「同じ」は「同じように」になる。

① どうしてみんなと 同じように できない のだろうと悩んでいました。

② 母が教えてくれたように 作ってみたら、おいしいスープができた。

③ 来月から、ごみ回収日は 以下のように 変わります。

3. ～とともに [V-辞書形／Ｎ＋とともに] 書面語

① 時間がたつとともに、私の悩みも消えていきました。

② インターネットの普及とともに、情報が簡単に手に入るようになった。

4. ～をもとに（して）／～をもとにした [Ｎ＋をもとに（して）] 以・・・為基礎

① この詩は彼女の経験 を もとにして書かれているように感じました。

② 消費者の意見 を もとに、新しい商品の開発が行われる。

③ これは実話 を もとにした小説です。 実話 true story もともと 最初 じつわ

≫≫ 作品の感想を述べるときの表現

～が印象に残っています	～が 印象的 でした
～が心に残っています	
～に感動しました	～に励まされました はげ 励ます
～に驚きました	～にショックを受けました
～は今でも忘れられません	～は 忘れがたい ものです
～ように感じました／思いました	

落ちる

やってみよう

詩とその感想を読みましょう。

177

カ…カルロス　　　山…山口　　　パ…パク

「軽くて便利な革製のバッグです。ご注文はフリーダイヤル0120-508-315、0120のこれは最高！　まで。おかけ間違いにご注意ください」

カ：え？　0120のこれは最高？　いったい何のこと？

山：ああ、電話番号の「508-315」のことを言ってるんだよ。

カ：え？　どうして？

山：さっき、フリーダイヤルの番号を言ってたでしょう？

カ：うん。

山：0120のあとの「508-315」の覚え方のことだよ。ここに数字を書くね。ほら、見て。この数字のご、ぜろ、はち、の「ぜろ」は「れい」とも読むから、初めの文字を読むと、「ご・れ・は」になるでしょう？

カ：うん。

山：そこから「これは」になるんだよ。

パ：へえ。そうなんだ。

カ：それで、後ろの数字、何だっけ？

山：「さん、いち、ご」だよ。

カ：さ・い・ご？

山：ははは、違う違う。最後なんてイメージ悪くない？　コマーシャルだから、イメージよくしないと。だから、「ご」を「こう」って読んで、つまり、「さいこう」になるっていうわけだよ。

パ：そっかあ。おもしろいね。

山：高校のとき、いろんな数字を覚えることが多かったけど、数字を言葉にして覚えたら楽しかったし、覚えやすかったよ。

9

1. 〜でしょう？／〜だろう？　［普通形(ナＡ／Ｎ)(＋助詞)＋でしょう］

① Ａ：３月３日は耳の日って聞いたんだけど、どうして？

　　Ｂ：ああ、３は数えるとき「みっつ」って言うでしょう？　３月３日は３が

　　　　二つあるから、「みみ」になるんだよ。

② Ａ：来週の水曜日、遠足だね。Ｂさんも行くでしょう？

　　Ｂ：うん。楽しみだね。

③ Ａ：明日の飲み会、７時からでしょう？

　　Ｂ：あ、７時からじゃなくて、６時半からだよ。

2. 〜っけ　［Ｖ／イＡ／ナＡ／Ｎ-過去形＋っけ］

＊「Ｖ／ナＡ／Ｎ」は「Ｖ-普通形＋んだ／ナＡだ／Ｎだ」もある。

① Ａ：Ｂさんの弟、中学生だっけ？　です。

　　Ｂ：ううん、今、高校生だよ。　でした

② Ａ：今日、宿題あったっけ？

　　Ｂ：ううん、今日はないよ。

　　　　　　　　　　　　　　　　だ→常体

③ Ａ：先輩、『こころ』を書いた作家は誰でしたっけ？

　　Ｂ：夏目漱石だよ。　　　　　　　　　　敬体

3. 〜というわけだ／〜わけだ

［普通形 {ナＡ(だ)・Ｎ(だ)} ＋というわけだ］

［普通形(ナＡな・ナＡである／Ｎの・Ｎである)＋わけだ］

① Ａ：８月31日は「野菜の日」なんだって。人から説

　　Ｂ：え、なんて？

　　Ａ：８は「やっつ」の「や」で、３は「さ」、１は「い」でしょう？

　　Ｂ：ああ、そっか。それで、「やさい」になるというわけだね。

② Ａ：あ、今日、さくら市の花火大会があるんだって。(自分説) 好像

　　Ｂ：ああ、それで、浴衣を着た人がたくさん歩いているわけだ。

　　そうか　　　　　　　　　　　そうだ

9

>>> 理解を確認しながら、友達に説明するときに使う表現

それは〜からだよ／〜のことだよ

ほら〜でしょう？／〜だろう？

そうそう！　　違う違う！　　そうじゃなくて〜

だから、｜〜んだよ
それで、｜
つまり、｜〜（という）わけだよ

やってみよう　　Ⓐ38

スーパーの店内アナウンスについて友達が話をしています。

3　使ってみよう

① あ、あそこにおいしそうな柿がある。食べたいなあ。あれ取って。
　え、あんなに高い所の柿、取れっこないよ。

② 大丈夫。あそこにはしごがあるよ。
　本当だ。よし。

③ 気を付けてね！　あー!!!

④ ああ、どうして落としちゃったの？
　だって、急に強い風が吹いてきたんだもん。

1. 〜っこない　[V-マス形＋っこない]

① A：ねえ、この曲、歌える？

　B：わあ、音が高いね。だめだめ、僕には歌えっこないよ。

② A：北海道旅行に小林さんを誘ったら、一緒に行くかな？

　B：小林さん？　行きっこないよ。寒い所、嫌いって言ってたから。

180

29 日
にく

2.～もん／～んだもん ［普通形＋もん］［普通形（ナＡな／Ｎな）＋んだもん］

① A：どうしてジェットコースターに乗らないの？　おもしろいよ。
　 B：だって、怖いもん。

② A：あれ？　なんでニンジン残してるの？
　 B：だって、嫌いなんだもん。

>>> 気持ちを表す擬音語・擬態語

はっとする　突然、冷不防		ほっとする　鬆一口氣	
いらいらする　急躁、焦慮的様子		どきどきする　心臓撲通撲通的跳	琢磨する
はらはらする　擔心的様子	心配する	わくわくする　興奮激動的様子	
しょんぼりする　無精打采、有氣無力的様子			

（やってみよう）

4こま漫画のせりふを考えてください。

> インターネットで4こま漫画のせりふコンテストを見つけました。おもしろそうなので、コンテストに参加することにしました。登場人物の様子に合わせて、せりふや言葉を考えてください。

① プレジントあげるよ　ありがとう！　わくわく
② おいしい　あっ！汚たない
③ いつまで食ってるでしょう　ゆっくり食べなさいって　いらいら　はい、おいしいんだもん　しょんぼり
④ 健くんありがとう　健くんだいすき

9

181

閞 間違っちゃた （まちが）

> 　私は学校で習った表現をすぐに使ってみたくなります。でも、よく使い方を間違えて失敗します。実は、昨日も学校で習った「顔が広い」と「顔が大きい」を間違えて、顔から火が出るほど恥ずかしい経験をしました。
>
> 　日本では「顔が大きい」は失礼な表現です。それなのに昨日、いつもお世話になっている方に「お顔が大きいですね」と言ってしまいました。私の言葉を聞いて、その方は驚いた顔をして黙ってしまいました。私はすぐに気が付いて、必死で説明しました。その方はすぐにアハハと笑ってくれましたが、もう少しで怒らせてしまうところでした。本当に恥ずかしくてたまりませんでした。これからは気を付けなければと思いました。
>
> 　日本語を使うのは難しいですが、これからも、いろいろな表現を使ってみたいと思っています。

4/15 **1.** ～ほど／～くらい／～ぐらい　[普通形＋ほど]　＊慣用的な表現で「N＋ほど」もある。

① 考えなければならないことが山ほどある。

② スピーチ大会で優勝して、飛び上がりたいくらいうれしかった。

③ この料理はほっぺたが落ちるぐらいおいしいです。
　頬（ほお）

4/15 **2.** ～ところだった　[V-辞書形・ナイ形ない＋ところだった]

① 自転車で走っていたら、急に子どもが飛び出してきて、もうちょっとで事故になるところでした。

② 電車が遅れて、もう少しで集合時間に間に合わないところだった。

3. ～てたまらない　[V-テ形／イAくて／ナAで＋たまらない]

① 国にいる恋人に会いたくてたまらない。

② 祖母が入院したと聞いて、心配でたまらない。

そば　蕎麦麺．

>>> 外国語を使ったときの楽しさや難しさを伝えることば

緊張-する 緊張 <small>きんちょう</small>	焦る 焦躁 <small>あせ</small>	ためらう 躊躇・猶豫
照れる 害羞 <small>て</small>	落ち込む 沮喪 <small>お こ</small>	うれしい 高興
照れくさい 難為情（的） <small>て</small>	恥ずかしい 害羞（的） <small>は</small>	悔しい 後悔 <small>くや</small>
もどかしい 令人著急		

やってみよう

周りの人と経験を共有しましょう。
<small>まわ けいけん きょうゆう</small>

言葉遣い
気遣い

5 使ってみよう ⒜40

> マリ…マリヤム　　本田…本田先生　　マル…マルコ
> <small>ほんだ</small>

マリ：先生、日本語には男言葉と女言葉がありますよね。私は日本の女
<small>ことば　　　ことば</small>
　　　の人の話し方が優しくて好きなんですけど、電車の中とかで聞く
<small>　　　　　　　やさ</small>
　　　女子高生の言葉って、ちょっと男の子みたいですね。
<small>じょしこうせい　ことば</small>

本田：そうですね。最近は男女の言葉遣いの違いがなくなってきていま
<small>　　　　さいきん　だんじょ　ことばづか　　ちが</small>
　　　すね。でも、その高校生たちもいつも男の子みたいな話し方をし
　　　ているわけではないと思いますよ。

マリ：そうなんですか。

本田：目上の人やあまり親しくない人には丁寧に話していると思います
<small>　　　めうえ　　　　　　　した　　　　　　ていねい</small>
　　　よ。

マル：ああ、私のバイト先でもみんな店長には丁寧な言葉で話してます
<small>　　　　　　　　　　　　　　　　　　　ていねい　ことば</small>
　　　ね。私も店長や先輩には丁寧に話そうと思って、自分のことを
<small>　　　　　　　　　せんぱい　　ていねい</small>
　　　「私」って言ってたんです。でも、この間先輩から「僕たちと話す
<small>　　　　　　　　　　　　　　　　　せんぱい　　　　ぼく</small>
　　　ときには、自分のことを『私』って言わなくていいよ」って言われ
　　　たんです。

本田：確かに会社なんかでは「私」を使ったほうがいいですけど、アルバ
<small>　　　　　　　　　　　たし</small>
　　　イト先の先輩がそう言うんだったら、「私」は使わないほうがもっ
<small>　　　　せんぱい</small>

9

183

と親しくなれるかもしれませんね。

マル：へえ。難しいですね。

本田：そうですね。意味の違いぐらいはすぐに覚えられても、状況に合わせてその言葉を使い分けるのは難しいかもしれませんね。でも、それがまた日本語のおもしろいところだと思いますよ。

1. 〜わけではない／〜というわけではない

[普通形(ナＡな・ナＡである／Ｎの・Ｎである)＋わけではない]

[普通形{ナＡ(だ)・Ｎ(だ)}＋というわけではない]

① Ａ：遠慮しないで、もっと食べてください。

Ｂ：遠慮しているわけじゃないんですが、もうおなかがいっぱいなんです。

② Ａ：ジョンさんはクラシック音楽が好き？

Ｂ：クラシック音楽……嫌いなわけじゃないけど、聞いていると眠くなっちゃうんだ。

③ 若い人がみんな若者言葉を使うというわけではない。

2. 〜くらい／〜ぐらい　[普通形(ナＡな／Ｎ)＋くらい]

① Ａ：メール、見た？

Ｂ：ごめん！　忙しくて、メールのチェックしてなかった。

Ａ：え？　忙しくても、メールをチェックする時間くらいはあるだろう？

② Ａ：ああ、暑い、暑い。エアコン、つけよう。

Ｂ：でも、今28度だよ。ちょっと暑いくらい我慢しようよ。

9

>>> 生活の中で耳にする日本語について説明するときに使われることば

表す 表現
強調する 強調
例える 舉例

間違える 弄錯
言い換える 換句話說
誤解を招く 招致誤解

はっきり言う 明白地說
使い分ける 分別使用・靈活運用

男言葉 男性用詞
女言葉 女性用詞

若者言葉 年輕人用詞
流行語 流行語

丁寧(な) 有禮(的)
失礼(な) 失禮(的)
フォーマル(な) 正式(的)

くだけた 平易近人的(口吻)
改まった 客氣的(口吻)

あいまい(な) 不明確(的)
子どもっぽい 孩子氣的

やってみよう   Ⓐ 41

他の人が先生に質問をしています。聞きましょう。

「あれっ、なんか変」

こんな話を知っていますか。

　昔、山のふもとに1軒のお寺がありました。このお寺にお参りに来る村人たちは平気でぞうり*をはいたままお寺の中へ入るので、和尚さんは困っていました。そこて、和尚さんは「ここではきものをぬいでください」と紙に書いて、入り口に貼りました。

　わかりやすくひらがなで書いたのですが、昔はまだ学校がなかったので、この村には字が読める人が少ししかいませんでした。「いったい何が書いてあるんだ?」。みんながわいわい騒いでいたら、そこへ字が読める男がやって来ました。その男は紙に書いてある文を読んで、着物を脱ぎ始めました。それを見て村人たちが口々に男に話しかけました。

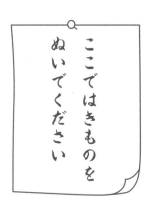

「なんで着物を脱ぐんだ?」

「何て書いてあるんだ。教えてくれ」

　そこで、男は「『きものをぬいでください』と書いてあるんだ。なんで和尚さんはこんなこと書いたのかなあ」と言いました。

「へえ、お寺に入るときは着物を脱ぐのか」

　お寺にお参りに来た人たちは、みんな入り口で着物を脱いで、中に入りました。

　和尚さんがお寺に戻ってみると、どうでしょう。村人たちが1人残らず裸になって座っていました。和尚さんはとても驚いて、村人たちに「皆さん、早く着物を着てください。どうして裸になったんですか」と言いました。村人たちは「和尚さ

んが『ここでは着物を脱いでください』と書いたから、みんな裸になったのです」と言いました。

　和尚さんは「ああ、私の書き方が悪かった。だから、誤解したんですね。私は『はきものを脱いでください』と書いたのです。ここに『、』を書いておけばよかった」と言いました。

　これは昔の話ですが、今ではよくメールの文章を読んで「あれっ、なんか変だな」と思うことがあります。私はこんな経験をしました。

　ある日、友達から「いい肉買ったからメールしました」という連絡が来ました。私は焼き肉パーティーでもするのかなと思って、続きを読みました。でも、パーティーの話は全然書いてありません。その代わりに友達の悩みばかり書いてありました。私は思い切って電話をして聞いてみました。すると、友達は「え？　肉なんか買ってないよ。直接電話で話しにくいと思ってメールしたんだよ」と不思議そうに言いました。そして、「ああ、私は『言いにくかったから』って書いたつもりだったのに……」と言って、急に笑い出しました。そうだったのかとやっと変なメールになった訳がわかりました。

＊ぞうり……着物を着たときにはく物

● 1.和尚さんはどんなことを紙に書いて入り口に貼りましたか。
● 2.和尚さんはどこに「、」を書いたらよかったのですか。
● 3.友達からのメールが変なメールになったのはどうしてですか。
■ 1.日本語に漢字がなくて、ひらがなだけだったらどんな問題が出てくると思いますか。
■ 2.メールの文章で、誤解したり、されたりしたことがありますか。

ことば

なんか 總覺得	変(な) 奇怪(的)	ふもと 山腳	～軒(1軒) ～幢
お参り-する 參拜	村人 村民	平気(な) 平靜(的)	和尚 和尚
わいわい 熱鬧	やって来る 造訪	口々に 異口同聲	裸 赤裸
誤解-する 誤解	文章 文章	笑い出す 笑出來	訳 理由

187

◼◼ できる！

日本語を使って表現しましょう。
（ひょうげん）

例） 自分の好きな日本語の詩や言葉、せりふなどを、紹介しましょう。
（れい）　　　　　　　　　　　（し）（ことば）　　　　　　　　　　（しょうかい）

例） 日本語を使って楽しむイベントを探して、参加してみましょう。
（れい）　　　　　　　　　　　　　　　　　（さが）　　　（さんか）

（流行語大賞、今年の漢字、俳句コンテスト、ＣＭコンテストなど）
（りゅうこう ご たいしょう）　　　　　　（はいく）

例） 日本語で詩やストーリーを作って発表しましょう。
（れい）　　　（し）　　　　　　　　　　　（はっぴょう）

9

ことば

話してみよう

1.	はやくちことば	早口言葉	繞口令
2.	かき	柿	柿子
3.	くう	(男)食う 食べる	吃
4.	パジャマ		睡衣
5.	カエル		青蛙
6.	ぴょこぴょこ		一個接一個地
7.	なぞなぞ		腦筋急轉彎
8.	かいぶん	回文	回文（修辭）
9.	マウス		滑鼠
10.	がけ	崖	懸崖
11.	わ		表示驚奇、感嘆語尾（主要是女性使用）
	（けがしたわ）		（受傷了）

1

1.	し	詩	詩
2.	のる	載る	刊登
3.	ことり	小鳥	小鳥
4.	すず	鈴	鈴
5.	りょうて	両手	雙手
6.	ひろげる	広げる	展開
7.	そら	空	天空
8.	ちっとも		一點也不

9. じべた	地べた	地板
10. ゆする	√ 揺す	搖
11. うた	唄	歌
12. くらす	√ 暮らす	住
13. 〜ご（きこくご）	〜後（帰国後）	〜後（回國後）
14. はげます	√ 励ます	鼓勵
15. いきる	生きる	活
16. じだい	時代	時代
17. こせい	個性	個性
18. 〜らしさ（じぶんらしさ）	〜らしさ（自分らしさ）	〜的感覺、風格（自己的風格）
19. みとめる	√ 認める	承認
20. こめる	√ 込める	包含
21. ゆるす	√ 許す	原諒
22. しょうひ-する	√ 消費-する	消費
23. 〜しゃ（しょうひしゃ）	√ 〜者（消費者）	〜者（消費者）
24. かいはつ-する	開発-する	開發
25. じつわ	実話	真實故事

2

1. コマーシャル		商業的
2. フリーダイヤル		免付費電話
3. 〜せい（かわせい）	〜製（革製）	〜製（皮革製）

4. かけまちがい	かけ間違い	打錯電話
5. いったい		究竟
6. もじ	文字	文字
7. イメージ-する		想像，示意
8. かぞえる	数える	數
9. えんそく	遠足	遠足，郊遊
10. さっか	作家	作家

3

1. よんこままんが	4こま漫画	四格漫畫
2. せりふ		台詞
3. とうじょうじんぶつ	登場人物	出場角色
4. はしご		梯子
5. わくわく		興奮
6. はらはら		令人害怕、緊張
7. しょんぼり		心情低落
8. だめ（な）	駄目（な）	不行，不可以
9. だって		因為

4

1. かんちがい-する	勘違い-する	誤解
2. かおがひろい	顔が広い	人緣好

191

3.	かおからひがでる	顔から火が出る	害羞
4.	ひょうげん-する	表現-する	表達
5.	だまる	黙る	沈默
6.	ひっし(な)	必死(な)	努力（的）
7.	あはは		哈哈
8.	もうすこしで	もう少しで	還差一點就～
9.	ゆうしょう-する	優勝-する	優勝
10.	とびあがる	飛び上がる	跳起來
11.	ほっぺた		臉頰
12.	とびだす	飛び出す	跑出去

5

1.	ぎもん	疑問	疑問
2.	じょしこうせい	女子高生	女高中生
3.	おとこ	男	男性
4.	おんな	女	女性
5.	だんじょ	男女	男女
6.	めうえ	目上	長輩，地位比自己高
7.	つかいわける	使い分ける	使用區分
8.	わかもの	若者	年輕人
9.	がまん-する	我慢-する	忍耐

第10課
<ruby>第<rt>だい</rt></ruby>10<ruby>課<rt>か</rt></ruby>
日本を旅する
日本を<ruby>旅<rt>たび</rt></ruby>する

話してみよう

松島
まつしま

知床
しれとこ

名古屋城
なごやじょう

日光東照宮
にっこうとうしょうぐう

屋久杉（縄文杉）
やくすぎ じょうもんすぎ

道後温泉本館
どうご おんせんほんかん

10

193

1 **見つけた！**

鹿児島県の屋久島に行きたいと思っています。屋久島のパンフレットを見つけました。

世界自然遺産 屋久島を体験！ 【羽田発／神戸発】48,900円〜

屋久島の自然と地元の料理を体験できる 3泊4日のツアー

屋久島は世界自然遺産に登録されている島です。屋久島の自然の豊かさといったら、他に比べるものがないほどです。その 見どころ を地元のガイドがご案内いたします。

◎縄文杉トレッキング！

| 所要時間／約13時間
| 歩行距離／往復約22キロ

荒川登山口から11キロほど登ると、樹齢約7200年の縄文杉に 出合えます 。その神秘的な姿を見たときの感動はとても言葉では言い 表せ ません。

あらわ
表す

◎白谷雲水峡トレッキング！

| 所要時間／約3時間
| 歩行距離／往復約4キロ

人気アニメ映画のモデルになった森がある白谷雲水峡。ゆっくりと歩きながら、森の風を感じ、鳥の声や川の音を聞いてください。日常生活を忘れ、ストレスが解消されること間違いありません。

◎地元の海の幸・山の幸を使った料理を楽しむ！

屋久島には豊かな森はもちろん、豊かな海もあります。このツアーでは民宿に泊まって、屋久島の海の幸、山の幸を使った料理を味わってください。

① 自分の興味に合ったツアーを選ぶために旅行についてのパンフレットを読むことができる。

② ガイドの説明を聞いて、見どころや注意を理解することができる。

③ 場所や状況を思い出しながら電話で忘れ物の問い合わせをすることができる。

④ 車内放送を聞いて情報を得ることができる。

⑤ 心に残った旅行について周りの人に紹介することができる。

● 1. 縄文杉を見たときの感動はどのようなものだと言っていますか。

● 2. このツアーではトレッキングの他にどんなことが楽しめますか。

■ あなたは旅行に行ったら、どんなツアーに参加したいですか。

2 耳でキャッチ Ⓐ42 Ⓐ43

日本の城に興味があったので、名古屋城を見に来ました。名古屋城でガイドさんの話を聞いています。

● 1. 名古屋の人々は名古屋城をどのように思っていますか。

● 2. 城の屋根にある鯱にはどのような力があると言われていますか。

■ 観光ガイドの案内を聞いたことがありますか。

火事
しゅさほこ
鯱

明
名古屋に友達に会いに来ます.

10

195

3 こんなときどうする？

レストランに電話して、忘れ物について問い合わせてください。

A あなたは旅行先のレストランにカーディガンを忘れました。帰りの新幹線の中で、そのことに気が付きました。レストランに電話をしてください。あなたは窓側の奥の席に座りました。カーディガンはいすにかけたと思いますが、はっきり覚えていません。見つかったら、着払いの宅配便で家に送ってもらえるようにお願いしてください。

カーディガンの特徴……グレー・胸にペンギンのマーク

B あなたはレストランの店員です。忘れ物の問い合わせがありました。お客さんに、座った場所、忘れた物の特徴（色や形など）を聞いてください。聞いた場所を見たら、忘れ物がありました。お客さんにどうするか、聞いてください。

---

4 耳でキャッチ A45

列車で車内アナウンスを聞いています。

- 1. たばこを吸う人はどうすればいいですか。
- 2. 自由席から指定席へ座席を変えることができますか。
- ■駅や電車の中でどんなアナウンスを聞いたことがありますか。

5 伝えてみよう A46

今までで心に残っている旅行について話してください。

10

196

1 **使ってみよう**

1.〜といったら ［N＋といったら］

① 屋久島の自然の豊かさといったら、他に比べるものがないほどです。

② 山の頂上から見た朝日の美しさといったら、忘れられません。

2.とても〜ない ［とても＋V-ナイ形＋ない］ ＊Vは可能動詞が使われることが多い。

① 縄文杉の神秘的な姿を見たときの感動はとても言葉では言い表せません。

② こんなにたくさん雪が積もると、とても外には出られません。

③ 500ページもある本は1日ではとても読めない。

3.〜はもちろん／〜はもとより ［N（＋助詞）＋はもちろん］

① 屋久島には豊かな森はもちろん、豊かな海もあります。

② はなまるランドは、子どもはもちろん、大人も楽しめる遊園地です。

③ この豆はおやつにはもちろん、ビールのおつまみにもぴったりです。

④ 私のふるさとは、電気はもとより、水道も通っていない。

≫ 観光地の特徴について説明するときに使われる表現

〜に登録されている　　〜として指定されている

世界一／アジア一の〜を誇っている

年間〜人の人が〜から訪れている

（世界／日本）最古／最大の〜

〜といえば〜が有名だ／〜で知られている

〜と言われている　　　〜と伝えられている

素晴らしさ　　美しさ

10

197

観光地についてのパンフレットをもう一つ読みましょう。

日帰りバスツアー　　　　**【新宿発／浅草発】**大人お1人様 **8,000円〜**

紅葉の世界遺産東照宮と華厳の滝
げんがく

東照宮を見学し、美しい紅葉の景色を楽しむ人気のコースです!!
地元の食材を使ったイタリア料理のランチ付き!!

◎日光東照宮

日光東照宮は世界遺産に登録
されていて、多くの観光客が訪
れる神社です。陽明門など八つ
の建物が国宝に指定されていま
す。陽明門の全体にはたくさん
の彫刻が彫られていて、その豪
華さといったら、とても言葉で
は言い表せないほどです。また、「見ざる、言わざる、聞かざる」で知られ
ている「三猿」や「眠り猫」の彫刻も見どころです。

◎いろは坂・華厳の滝

日光東照宮を観光したあとは、華厳の滝へ行きます。華厳の滝までは紅
葉の名所、いろは坂を上って行きます。いろは坂の紅葉は素晴らしく、
まるで赤や黄色の絵の具で描いたカラフルなトンネルのようです。いろ
は坂を上ると、華厳の滝に到着します。97メートルの高さから一気に流
れ落ちる滝は迫力満点です。エレベーターで滝の近くまで下りて行けば、
目の前にゴーゴーと水が流れ落ちる様子を見ることができます。

10

来る・来

2 使ってみよう　　A 42

> 皆さん、初めまして。名古屋城観光ガイドボランティアの大田と申します。これからの1時間、ご案内をさせていただきます。どうぞよろしくお願いします。
>
> では、この名古屋城についてご説明いたします。名古屋城は17世紀初めに徳川家康が建てた日本を代表するお城の一つです。名古屋の人々はこのお城を大切に思い、誇りにしています。一度戦争で焼けてしまいましたが、天守閣は1959年に再び建てられました。屋根の上には高さ約3メートルの金の鯱があります。鯱とは、体は魚で頭が虎の姿をしている動物で、雨を降らせる力があるそうです。そのため名古屋の町を火事などの災害から守ると言われています。では、あちらからお入りください。

解説　　請従那辺進入

1. ～(さ)せていただきます

① では、Aグループの発表をさせていただきます。
② 本日は社員旅行につき、休ませていただきます。

ちょっと、考えさせていただけませんか。

2. ご・お～いたします　[ご＋N＋いたします]［お＋V-マス形／N＋いたします］

＊Nは「N-する」の形で使われるもの

① 先輩の田中さんをご紹介いたします。　尊敬語
② 上り列車をお待ちのお客様にお知らせいたします。次の急行は2番線から発車の予定です。　上車

のぼりさん

≫≫ 観光ガイドの説明でよく使われる表現 →

> ～をご覧ください
> ご案内／ご説明／ご紹介いたします
> ～ようにご注意ください　　～ないようにお（ご）～ください
> ～はお控えください　　　　～はご遠慮ください

10

やってみよう

観光地の案内をもう一つ聞きましょう。
かんこうち　　あんない

みやび

3　使ってみよう　美雅

店…店員　　パ…パク

店：はい、レストラン みやび です。

パ：もしもし、今日のお昼にそちらで食事をした者なんですが。
もの

店：はい。

パ：そちらにカーディガンを忘れてしまったようなんです。かばんに入
する際
れたつもりだったんですが、なかったもので……。
わす

店：そうですか。どんなカーディガンですか。

パ：色はグレーで、胸の所に ペンギン のマークが付いてるんです。
いろ　　　　　　　むね　ところ

店：どの 辺り に座っていらっしゃいましたか。いました
あた　　　　　すわ

パ：窓側の奥の席です。いすにかけたように思うんですが、もしかした
まどがわ　おく　せき　　　　　　　　　掛
ら、下に落ちているかもしれません。
お

店：わかりました。少々 お待ち ください。……お待たせいたしました。
しょうしょう
こちら に ございます。　　　　　　　　　　　　　　します

パ：ああ、よかったです。

店：どうしましょうか。

パ：あ、実は そちらには 旅行で行って、今は帰りの新幹線の中なんです。
じっ　　　　　　　　　　　　　　　　　しんかんせん

店：あー、そうなんですか。

パ：すみません が、着払い の 宅配便 で送ってもらってもいいですか。
ちゃくばら　　たくはいびん　おく

店：はい、わかりました。では、お名前とご住所を……

1.～つもりだ　[V-タ形・テ形いる／イAい／ナAな／Nの+つもりだ]　有門早

① あっ！　宿題が入ってない。今朝かばんに入れたつもりだったんだけど。
しゅくだい　　　　　　けさ

② まだまだ若いつもりでいたが、思ったように速く走れない。
わか　　　　　　　　　　　　　　　はや
いました

ろガー　ま違かって
問

2.～ように思う　～意味～

① 今月の請求金額、ちょっと違うように思うんですが、確認してもらえま
せいきゅうきんがく　　　　　　　　　ちが　　　　　　　　　　　　　　　　　　　　　　かくにん
す か。

② A：山田さん、いる？
やまだ
　 B：あれ？　さっきまでここにいた ように 思うけど。

>>> **電話で忘れ物の問い合わせをするときの表現**
でんわ　わす　もの　と　あ　　　　　　　　　ひょうげん

先ほどそちらで～た者なんですが……
もの

そちらに～を忘れてしまったようなんです／みたいなんです（が）
わす

そちらに～の忘れ物はありませんでしょうか
わす

確か┃～ように思うんですが……
たし┃～じゃないかと思うんですが……
　　┃～た気がするんですが……

はっきり覚えていないんですが、～
おぼ

（やってみよう）

レストランに電話をして忘れ物について問い合わせてください。
わす　　　と　あ

A あなたは旅行先のレストランにスマートフォンを忘れました。帰り
わす
の電車でそのことに気が付きました。レストランに電話をしてくだ
つ
さい。座っていたいすの上かトイレの洗面台にあると思いますが、
すわ　　　　　　　　　　　　　　せんめんだい
はっきり覚えていません。見つかったら、着払いの宅配便で家に送
おぼ　　　　　　　　　　　ちゃくばら　たくはいびん　　おく
ってもらえるようにお願いしてください。

B あなたはレストランの店員です。忘れ物の問い合わせがありまし
わす
た。お客さんに座った場所、忘れた物の特徴（色や形など）を聞いて
すわ　　　わす　　もの　とくちょう　いろ　かたち
ください。聞いた場所を見たら、忘れ物がありました。お客さんに
わす
どうするか、聞いてください。

　本日もつばめ鉄道をご利用くださいましてありがとうございます。この列車は特別急行サンシャインライナー３号、みどりが浜行きです。車内のご案内をいたします。自由席は１号車から３号車まで、４号車から７号車までが座席指定車となっております。そのうち４号車はグリーン車の座席指定車です。終点みどりが浜まで車内販売がございます。お弁当、お茶などを座席までお持ちしますので、どうぞご利用ください。

　停車駅と到着時刻をご案内いたします。次のしんみなとには10時ちょうど、未来が丘10時35分、終点みどりが浜には11時25分到着予定です。車内は全席禁煙となっておりますので、おたばこを吸われるお客様は、喫煙ルームをご利用ください。また、携帯電話のご使用はデッキでお願いいたします。お席での通話はご遠慮くださいますよう、お願いいたします。なお、本日、指定席は全席満席となっておりますので、自由席から指定席への変更はいたしかねます。あらかじめご了承ください。

1. ～ております　［V-テ形+おります］

① またのご来店を心よりお待ちしております。

② 渋谷駅での車両故障のため、山手線内回りはただ今、運転を見合わせております。

2. ～かねます　［V-マス形+かねます］

① こちらにお電話をいただいても、ツアー当日のバスの出発時間の変更はいたしかねます。

② A：箱根行きのバスは何時に出発しますか。

B：申し訳ございませんが、こちらではわかりかねますので、あちらの窓口でお尋ねください。

③ 年末、旅行に行きたいと思っているが、どこへ行くか決めかねている。

≫≫ 車内アナウンスでよく聞くことば・表現

(指定席)は(全席満席)となっております			
間もなく　馬上	あらかじめ　預先・事先		なお　現在
～号車　～號車	自由席　自由座	指定席　對號座	グリーン車　商務車廂
車掌　車掌	デッキ　車間通道	停車駅　停靠站	

やってみよう

他の車内アナウンスを聞きましょう。

10

203

　　私が印象に残っているのは四国の松山への旅行です。旅行の数日前に台風が来ていたので、天気が心配でしたが、当日は幸運なことに、雲一つない青空でした。松山は夏目漱石が書いた『坊っちゃん』という小説の舞台になった所です。私は『坊っちゃん』を読んでから、いつか松山にある温泉へ行ってみたいと思っていました。松山駅に着いて、早速温泉に行くために路面電車に乗りました。温泉は有名な観光地だけあって、たくさんの観光客でにぎわっていました。建物もとても立派で古い雰囲気に感動しました。わくわくしながら中に入ると、思ったより天井が高くてびっくりしました。ここが『坊っちゃん』に出てくるお風呂かと思って、うれしくなりました。温泉に行ったついでに、地元の人に教えてもらった料理屋さんにも行きました。おいしい物もたくさん食べられて、大満足な旅行でした。

10

1. ～ことに(は) ［Ｖ-タ形／イＡい／ナＡな＋ことに(は)］

① 驚いたことに、旅行先で10年ぶりに中学のクラスメイトと再会した。

② 大学に合格できた。さらに、うれしいことには、奨学金がもらえることに
　なった。

2. ～だけあって／～だけのことはある

　　［普通形｛ナＡな・ナＡである／Ｎ(である)｝＋だけあって］

① 石井さんはフランスに留学していただけあって、フランス語が上手だ。

② 彼は車が好きなだけあって、車についてよく知っている。

③ このワインはさすが高いだけのことはある。香りも味も素晴らしい。

3. ～ついでに ［Ｖ-辞書形・タ形／Ｎの＋ついでに］ ＊Ｎは「Ｎ-する」の形で使われるもの

① 駅前のスーパーへ行くついでに、たばこを買ってきてくれませんか。

② 出張のついでに、高校のときの友達に会いに行った。

≫≫ 旅行の思い出を紹介するときに使うことば・表現

名物 有名的東西	景色 景色	観光-する 觀光
食べ歩く 邊走邊吃	足を伸ばす 順道去某地	立ち寄る 中途落腳
感動-する 感動	驚く 驚訝	びっくりする 嚇到
わくわくする 興奮	がっかりする 失望的	いらいらする 不耐煩
～は～の～倍／半分／～分の1くらい		
～は～ような／～みたいな～です		
～は～ように／～みたいに～		

やってみよう

旅行記を作りましょう。

鉄道の旅をしよう！

　どこか遠くへ行きたい、久しぶりに旅に出たいと思ったとき、あなたはどんな旅をしますか。鉄道で行くのんびりとした旅に出るのはどうでしょう。日本の各地にはいろいろな鉄道があり、とてもおもしろいです。海岸線や渓谷を走る鉄道、トロッコ列車や登山鉄道などその地でしか乗れない列車、ストーブ列車やこたつ列車などその季節にしか走らない列車などがあります。

　例えば、こんな旅はどうでしょうか。お薦めは静岡県の新金谷と千頭の間を走っているSLの旅です。SLは古いものでは、今から80年ほど前に製造されたものがあり、車内の天井には当時のままの鉄製の扇風機が回っています。トンネルに入ると、石炭を燃やして出る煙が窓から入り込んでくるので、気を付けましょう。でも、それもおもしろさの一つです。SLに揺られながら静岡県産のお茶を飲み、駅弁を食べる気分は最高です。車窓に目を向けると、季節によって変わる山や川の景色がゆっくりと通り過ぎていきます。そして、車内では車掌さんがその土地の説明をしたり、ハーモニカで昔の歌を吹いたりして、乗客を楽しませてくれます。

　鉄道で旅をしていると、ハプニングも起こります。乗り遅れたり、忘れ物をしたり……。このような思いがけない出来事も全てがいい思い出になります。通勤や通学の電車では乗客同士で話をすることはあまりありませんが、旅先では向かい合った席の人と自然に会話が始まることもあります。知らない人との会話もまた旅の楽しみの一つです。

　旅をするときには、フリー切符が便利です。フリー切符は途中で列車を何度も乗り降りできるだけではなく、観光施設を割引で利用することもできます。駅や観光施設案内所で配布している観光マップやパンフレットも利用しましょう。ガイドブックには載っていない見どころやお店の情報を手に入れることもできます。そこに観光したときの感想などを書き込んでいけば、旅日記にもなります。

　ときには日常を離れて、のんびりと鉄道の旅に出てみませんか。

10

● 1. 筆者が薦めている旅はどんな旅ですか。
　　ひっしゃ　すす　　　　　たび　　　　　　　たび
● 2. フリー切符はどうして便利なのですか。
　　　　　きっぷ
■ あなたの国の鉄道の旅には、どんな楽しみがありますか。
　　　　　　　てつどう　たび

═══ ことば ═══

のんびり 悠閒地	海岸線 海岸線 かいがんせん	渓谷 渓谷 けいこく
トロッコ列車 觀光小火車 れっしゃ	SL（steam Locomotive）蒸汽火車	扇風機 電風扇 せんぷうき
製造-する 製造 せいぞう	鉄 鐵 てつ	入り込む 進入 はい　こ
石炭 碳 せきたん	燃やす 燃燒 も	車窓 車窗 しゃそう
揺れる 搖晃 ゆ	～産（静岡県産）～産（静岡縣産） さん　しずおかけんさん	車掌 車掌 しゃしょう
目を向ける 目光朝向 め　む	通り過ぎる 通過 とお　す	乗客 乗客 じょうきゃく
土地 土地 とち	ハーモニカ 口琴	出来事 事件 できごと
ハプニング 意外	思いがけない 沒想到 おも	乗り降り-する 上下車 の　お
向かい合う 面對面 む　あ	フリー切符 無限次乘坐車票 きっぷ	書き込む 寫入 か　こ
配布-する 發放 はいふ	観光マップ 觀光地圖 かんこう	
ときには 有時	薦める 推薦 すす	

10

⠿ できる！

友達と旅行に行って、その土地にしかない名物を食べたり観光地に行ったりして、
楽しい思い出を作りましょう。

1. どこへいつ行くか決めましょう。

2. そこで何をするか計画を立てて、実際に行きましょう。

3. 行ったあとで、旅行先で撮った写真やチケットの半券などを見せながら、
　　見聞きしたことや印象に残ったこと、出会った人などについてまとめて、
　　クラスメイトに紹介しましょう。

1

酸っぱい

1.	せかいしぜんいさん	世界自然遺産	世界自然遺産
2.	～はつ（はねだはつ）	～発（羽田発）	～出發（羽田出發）
3.	じもと	地元	當地
4.	ゆたかさ	豊かさ	豐富
5.	みどころ	見どころ	看點，可看之處
6.	すぎ	杉	杉木
7.	トレッキング-する		登山
8.	しょようじかん	所要時間	所需時間
9.	ほこうきょり	歩行距離	走路距離
10.	おうふく-する	往復-する	來回
11.	じゅれい	樹齢	樹齡
12.	しんぴてき（な）	神秘的（な）	神秘(的)
13.	すがた	姿	姿態
14.	いいあらわす	言い表す	敘述
15.	モデル		模特兒
16.	もり	森	森林
17.	にちじょう	日常	日常生活
18.	うみのさち	海の幸	海鮮
19.	やまのさち	山の幸	山珍
20.	みんしゅく	民宿	民宿

10

21. あじわう	味わう	品嘗
22. ちょうじょう	頂上	山頂
23. あさひ	朝日	旭日
24. つもる	積もる	累積
25. おやつ		點心
26. おつまみ		下酒菜
27. とおる(でんきがとおる)	通る(電気が通る)	通（通電）
28. ひがえり-する	日帰り-する	當天來回
29. たき	滝	瀑布
30. しょくざい	食材	食材
31. もん	門	門
32. こくほう	国宝	國寶
33. してい-する	指定-する	指定
34. ぜんたい	全体	全體
35. ちょうこく-する	彫刻-する	雕刻
36. ほる	彫る	雕刻
37. ごうかさ	豪華さ	豪華
38. めいしょ	名所	知名地點
39. まるで		簡直是
40. えのぐ	絵の具	畫具

41. カラフル（な）		多彩的
42. トンネル		隧道
43. いっきに	一気に	一次
44. ながれおちる	流れ落ちる	⟨傾瀉⟩
45. はくりょくまんてん	迫力満点	即有魄力
46. ごうごう		（雷聲）轟鳴

2

1. しゃちほこ	鯱	金鯱
2. ～せいき（じゅうななせいき）	～世紀（17世紀）	～世紀（17世紀）
3. だいひょう-する	代表-する	代表
4. ほこり	誇り	驕傲
5. せんそう-する	戦争-する	戰爭
6. てんしゅかく	天守閣	天守閣
7. ふたたび	再び	再次
8. きん	金	黃金
9. のぼり	上り	上行
10. れっしゃ	列車	列車
11. はっしゃ-する	発車-する	發車

10

211

3

1.	カーディガン		針織衫
2.	おく	奥	裡面
3.	もしかしたら		如果
4.	ございます		有（禮貌體）
5.	ちゃくばらい	着払い	貨到付款
6.	たくはいびん	宅配便	宅配
7.	グレー		灰色
8.	むね	胸	胸
9.	マーク		標記
10.	まだまだ		尚未
11.	せいきゅう-する	請求-する	索取
12.	せんめんだい	洗面台	洗臉台

4

1.	しゃない	車内	車內
2.	ざせき	座席	座位
3.	てつどう	鉄道	鐵道
4.	グリーンしゃ	グリーン車	商務列車
5.	はんばい-する	販売-する	販售
6.	ていしゃ-する	停車-する	停車

7. じこく	時刻	時間
8. きんえん-する	禁煙-する	禁菸
9. デッキ		車間通道
10. つうわ-する	通話-する	通話
11. なお		此外
12. まんせき	満席	客滿
13. いたす		做（謙讓體）
14. あらかじめ		重新，再次
15. りょうしょう-する	了承-する	理解
16. こころより	心より	衷心地
17. しゃりょう	車両	車輛
18. うちまわり	内回り	逆時針轉
19. みあわせる	見合わせる	暫停
20. たずねる	尋ねる	詢問

5

1. こううん(な)　　　　幸運(な)　　　　　　幸運（的）

2. くも　　　　　　　　雲　　　　　　　　　雲

3. さっそく　　　　　　早速　　　　　　　　盡快

4. ろめんでんしゃ　　　路面電車　　　　　　路上電車

5. てんじょう　　　　　天井　　　　　　　　天花板

6. まんぞく(な)　　　　満足(な)　　　　　　満足（的）

7. ～ぶりに(じゅうねんぶりに)　～ぶりに(10年ぶりに)　相隔～（相隔10年）

8. さいかい-する　　　　再会-する　　　　　再會

9. さすが　　　　　　　　　　　　　　　　　不愧是

10. かおり　　　　　　　香り　　　　　　　　香味

11. りょこうき　　　　　旅行記　　　　　　　遊記

巻末資料
かんまつしりょう

解答とスクリプト

第1課

チャレンジ！　1　p.27

1．外国の人と日本人が一緒にバーベキューをします。

2．さくら公園のバーベキュー広場であります。

3．電話をかけるか交流協会の窓口で申し込みます。そして当日参加費を払います。

4．いいえ、雨が降ったらありません。／雨が降ったら中止です。

チャレンジ！　3　p.27

c

知って楽しむ　p.35

1．初めて会った人と何を話したらいいかわからないときや、中心になって話したいけど、日本語だと聞く立場になってしまうとき試すといいと言っています。

2．自然に自分の考えや相手の考えがわかるからです。

［参考］桃太郎のゲームの種明かし

・　その動物を選んだ理由：他の人からどのように思われたいかを表します。

・　連れて行った動物の重大な欠点：自分で思っている自分の欠点です。

第2課

チャレンジ！　1　p.42

ランチのメイン料理が曜日によって変わること、パンは無料でお代わりができること、量のわりに値段が安いことなどです。

チャレンジ！　3　p.43

1．10,000円以上買った人です。

2．毎年、水着を買おうかどうか迷っている人です。

3．閉店するからです。

使ってみよう　やってみよう　1　p.45 Ⓐ05

リ…リポーター　店…店長

リ：皆さん、こんにちは。今、私はわかば駅から歩いて10分の所にある定食屋「ときわ」に来ています。見てください。こちらの店内、素敵ですね。こちらは「ときわ」の店長の鈴木さんです。よろしくお願いします。

店：よろしくお願いします。

リ：では、さっそくお料理を紹介したいと思います。こちらは？

店：はい、当店の人気メニュー「今日の新鮮！　お魚定食」です。

リ：わあ、おいしそうですね。いただきます。

店：こちらの魚は毎朝、市場で買った新鮮なものを使っているので、その日の魚によってメニューの内容も変わるんです。

リ：へえ。

店：今日の魚はタイなんですが、いかがですか。

リ：うーん、おいしいです。このタイは焼いてあるんですね。

店：はい、そうなんです。焼いてから、しょうゆと砂糖でさっと煮てあるんです。

リ：これ、白いご飯の上に載せて食べてもいいですね。

店：はい、タイが温かいうちにご飯の上に載せて、お茶漬けにして食べてもいいんですよ。あ、ご飯はお代わりが自由にできるのでどうぞ。

リ：わあ、それはうれしいですね。

知って楽しむ　p.53

1．何だろう、何かいいことあるのかな、と思います。

2．行列に並んで自分の順番を待つことにおもしろさを感じ、日本に来たばかりのころとは違って、並ぶことに拒否感もなくなったと思っています。

第3課

チャレンジ！　1　p.60

1．朝活は朝の時間を有効に使って運動や勉強をすることです。

2．朝は出かける前の準備しかしていないということがもったいないと言っています。

チャレンジ！　2　p.61

いつも同じ喫茶店に行って、1人でコーヒーを飲みながら、この1週間を振り返っています。

知って楽しむ　p.69

1. 終了のアラームが鳴るまでは一つのことに自分を集中させることができます。

・ 自分がどれだけ頑張ったかが回数で見えます。

・ 1日のスケジュールが立てやすくなります。

2. パソコンやスマートフォンのタイマーです。メールの受信などに気が散ってしまうかもしれないからです。

第4課

チャレンジ！　1　p.76

1. いいえ、借りられません。

2. 住所を確認できないと貸し出しはできないからです。

チャレンジ！　2　p.76　A 14

ミ…ミラ　ア…アンナ　管…管理人

ミ：あ、まだ、本当にうるさいね。

ア：うん、こんな夜遅くに。うるさくて勉強できないよ。

ミ：静かにしてくださいって、言いに行こうかなあ。

ア：もう遅いし、今日はやめたほうがいいよ。明日、管理人さんに話してみようよ。

ミ：そうだね。

　　：

管：はい、あ、アンナさん。

ア：おはようございます。あのう、……

チャレンジ！　3　p.77

1. いいえ、利用できません。講習を受けたら、利用できます。

2. 定員になったら、終わります。

チャレンジ！　5　p.77

文化センターの場所：B（85ページの地図で確認）

使ってみよう やってみよう　1　p.79　A 13

西…西川　職…職員　ナ…ナタポン

西：あのう、来月、会議室を借りたいので、予約をしたいんですが。

職：利用者登録はしてありますか。

西：あ、いえ、まだなんですが。

職：施設を利用する場合は、利用者登録をしていただくことになっているんです。こちらの申し込み書に記入してください。

西：はい、わかりました。あ、利用する人全員の連絡先を書かなければなりませんか。

職：いいえ、代表の方だけでかまいませんよ。

ナ：じゃ、西川さんの連絡先だね。

西：うん、そうだね。……これで、いいですか。

職：はい。それから、ご本人かどうか確認できるものをお持ちですか。

西：ええと、運転免許証ならあります。

職：ええ、結構です。……はい。では、登録終了です。それでは、この予約の申し込み書に希望の日にちと時間を書いてください。

西：はい。……これでいいですか。

職：はい。6月20日、午後3時から5時ですね。その日は……他の予約は入っていないので、大丈夫です。使用料は2時間で300円ですので、当日窓口で支払ってください。

西：はい、わかりました。

使ってみよう やってみよう　5　p.85　A 18

職…職員　マ…マルコ

職：はい、さくら図書館です。

マ：あのう、そちらへはどうやって行けばいいでしょうか。

職：はい、さくら駅の北口を出て、駅を背にして右斜め前の道を進んでください。本屋と銀行の間の道です。

マ：本屋と銀行の間ですね。

職：はい、そうです。その道をまっすぐ行って、交差点を渡るとその先に橋があります。その橋を渡ってください。

マ：はい。

職：そうすると、また、すぐ交差点があります。そこを右に曲がって、次の角を左に曲がります。映画館のある角です。

マ：はい、まず、右に曲がって、映画館の所を左ですね。

職：はい、そのまま150メートルぐらい歩くと、突き当たりにあります。

マ：突き当たりですね。わかりました。ありがとうございました。

図書館の場所：E

知って楽しむ　p.87

無料か、安い料金で楽しむことができることです。

第5課

チャレンジ！ 1 p.94

東海地方で震度5弱の強い地震がありました。

チャレンジ！ 2 p.94

お客様にお知らせいたします。お急ぎのところ大変申し訳ございませんが、先ほど発生した地震の影響で、ただ今電車の運行を見合わせております。運転再開までしばらくかかる見込みです。お急ぎのところ大変ご迷惑をおかけしますが、いましばらくお待ちください。

チャレンジ！ 4 p.95

1．d

2．慌てる人が多いです。

使ってみよう やってみよう 1 p.97 A20

　大型で強い台風5号が現在四国の南の海上を北上しています。今夜にも四国に上陸するおそれがあります。その後、進路を変えて、徐々に関東甲信地方に近づく見込みです。今回の台風は動きが遅いために、長い時間、雨が続くおそれがあります。関東地方で明日の夕方までに降る雨の量は300ミリに達する見込みです。また明日の夜以降もさらに雨が降り続くおそれがありますので、警戒が必要です。海や川へは近づかないようにしてください。以上、台風情報でした。

知って楽しむ p.105

1．1995年の阪神淡路大震災のあと、公民館や学校などの避難場所だけでは被災した人を十分に受け入れられないことがわかったからです。

2．震災時にトイレになるマンホールや、かまどになるベンチ、貯水槽、太陽光発電の電灯などがあります。

第6課

チャレンジ！ 1 p.114

1．国土の3分の2が山林です。

2．曇りがちの日が続いて、大雪が降りやすいです。

チャレンジ！ 2 p.115

1．台風が多いからです。

2．いいえ、最近では、伝統的な家に代わって、鉄筋コンクリートの家がほとんどです。

チャレンジ！ 4 p.116

1．昔、横浜は横に砂浜が長く延びていた村だったからです。

2．江戸時代までは全部海でした。

使ってみよう やってみよう 2 p.119 A26

　北海道では、11月の初めごろから雪が降り始め、数メートルも積もる所があります。雪は積もると大変重いため、北海道の家の屋根は雪のことを考えて作られています。屋根は金属でできていて、瓦はありません。雪の重みで瓦が割れてしまうからです。雪が滑り落ちるように、屋根の傾斜を急にしてあります。しかし、最近では、積もった雪を落とさず、屋根の上で溶かす工夫をしているので、屋根が平らになっている家もあります。

知って楽しむ p.125

1．お祭りや花火を楽しんだり、風鈴をつるしてその音を楽しんだり、打ち水をしたりしています。

2．水が蒸発するときに地面の熱を奪い、打ち水をした場所の温度が下がります。

第7課

チャレンジ！ 1 p.135

1．初めて会う人とうまく話せるか心配でした。

2．年配の女性と中学生と3人のグループになりました。

3．普段、年代の違う人たちと一緒に話すことはないので、自分の世界が広がったからです。

チャレンジ！ 3 p.136

1．何かやらなければと思っていました。

2．たまたま、市のお知らせを見たことです。

使ってみよう やってみよう 3 p.143 A31

ス…スタッフ　川…川村　マ…マリヤム　ナ…ナタポン　近…近藤　大…大野　石…石井

ス：じゃ、今日はイベントのポスターを描いていきましょう。

川：絵が上手な人、いますか。

マ：あ、ナタポンさんが上手ですよ。

川：じゃ、描いてもらえますか。

ナ：あ、はい。

川：じゃ、よろしくね。近藤くん、手伝ってあげて。

近：はい。

川：じゃ、2人でこの紙に大きな木を描いてね。はい、ペン。

近：はい。

大：おお、上手なもんだ。僕は絵はからっきし駄目でね。簡単な花さえうまく描けないんだよ。

石：え、そうなんですか。

川：大野さーん、こっちを手伝ってください。

大：はいはい。

：

ナ：あのう……すみません。お名前何て呼べばいいですか。

近：あ、拓でいいっすよ。

ナ：たくさん?

近：いや、本当は拓也って言うんすけど、みんな、自分のこと、拓って呼ぶんで。て、そちらは?

ナ：私?ナタポンと呼んでください。

近：ナタポンさん。何歳っすか。

ナ：え、あ、23です。

近：え、自分より6コ上っすね。よろしくお願いします。

ナ：あ、こちらこそ。

知って楽しむ p.147

1. 最初は「です・ます」で話すと言っています。

2. 出身地や趣味など共通の話題が見つかったときです。

第8課

チャレンジ! 2 p.155

誕生日の贈り物をするときや、ちょっとお礼を言いたいとき、また、仕事で商品や書類、資料を送るときに使うものです。

チャレンジ! 3 p.155

1. ラストオーダーのあとで、注文を受けたからです。

2. お客さんを怒らせたら大変だからです。

使ってみよう やってみよう 3 p.162 (A 35)

田…田村 小…小林 ロ…ロハン

田：うん……

小：でも、この間、僕も店長に怒られたよ。

田：え、なんで?

小：この間の金曜日、店が忙しくて、いつもの時間にホールの掃除ができなかったんだけど。

ロ：ああ、忙しかったですよね。

小：そしたら店長に「なんて掃除してないんだ」って怒られたんだ。こっちはこれから掃除しようって思ってたのに。

田：ああ、それは小林さんのせいじゃないよね。

小：だろう? 注文を取りに行くのが遅くなれば、お客をいらいらさせるし、ホールの掃除が遅れれば、店長に怒られるし…ったく…もう!

田：ほんと大変だよね。

小：いつも店が空いたらちゃんと掃除してるのに、店長見てないんじゃないかなあ。見てないくせに、文句ばっかり言って。

田：ま、飲もう!

知って楽しむ p.167

相手を思う気持ち、相手を喜ばせたい気持ちを表しています。

第9課

チャレンジ! 1 p.175

1. どうしてみんなと同じにできないのだろうと悩んでいました。

2. 「みんなちがって、みんないい」という言葉です。

チャレンジ! 2 p.175

数字を言葉にして覚えたらいいと言っています。

チャレンジ! 5 p.176

ちょっと男の子の言葉みたいだと思っています。

使ってみよう やってみよう 2 p.180

山…山口 メ…メアリー

皆さま、毎度、ご来店ありがとうございます。本日は29日、肉の日でございます。豚肉、牛肉、鶏肉、全ての肉が大変お安くなっております。皆さま、どうぞ、ご利用くださいませ。

：

山：ああ、今日は肉の日だから肉が安いんだ。今日のご飯を焼き肉にしない?

メ：いいね! じゃ、たくさん買って帰ろう! ねえ、でも、なんで今日は肉の日なの?

山：あ、それはね、29日だからだよ。

メ：えっ?

山：ほら、2と9で「に・く」って読めるでしょう？

メ：へえ、それで、肉の日になったっていうわけ？おもしろいね。

山：そうそう。あ、そうだ。「8月29日は焼き肉の日」っていうポスターを見たこともあるよ。

メ：あ、わかった。8は「やっつ」だから？

山：ピンポーン！　正解！　「やっつ」の「や」と「に・く」で……。

山・メ：やきにく！

メ：あはは、おもしろいねえ！

使ってみよう やってみよう　3　p.181

1こま目

A：はい、お土産。

B：(にこにこ) わーい。わーい。

2こま目

B：(むしゃむしゃ　もぐもぐ)

A：あっ、そんなに慌てて食べなくてもいいじゃない。もうクリームだらけよ。

B：これおいしい。

3こま目

(ぼろぼろ)

A：(がみがみ)。まったくもう。こんなにこぼしちゃって。

B：(しゅん) だっておなかがすいてたんだもん。

4こま目

A：今日はごちそうよ。

B：わーい。わんわん。

使ってみよう やってみよう　5　p.185　Ⓐ41

ダ…ダニエル　パ…パク　本…本田先生

ダ：先生、昨日テレビで女の人がおいしそうに何か食べながら、「やばい！」って言ったんですけど、どういう意味ですか。

パ：あ、それ知ってる。すごくおいしいって意味ですよね。

本：パクさん、よく知ってますね。

パ：バイト先のお客さんがときどき言ってますから。

本：やばいというのは、もとは危ないという意味だったんですよ。それが、都合が悪いというようなときにも使うようになったんですね。最初はマイナスのイメージだったのが、最近ではいい意味でも使われるようになってきたんです。す

ごくおいしいとか、かっこいいとか。

ダ：若い人が使う言葉ですか。

本：今はそうですが、だんだん多くの人が使うようになるかもしれませんね。言葉は使われている間に変わっていくものですから。

ダ：ふーん。

本：例えば、全然という言葉は、「全然おいしくない」というように後ろに否定の言葉が付くのが一般的ですね。でも、最近は「全然いい」とか「全然おいしい」とか言う人も多くなりましたね。

ダ：へえ、そうなんですか。

パ：おもしろいですね。

知って楽しむ　p.187

1. 和尚さんは「ここではきものをぬいでください」と書いて貼りました。

2. 「ここで、はきものをぬいでください」

3. 友達は「言いにくかったからメールした」というメールを送ったつもりでしたが、メールは「いい肉買ったからメールした」だったからです。

第10課

チャレンジ！　1　p.195

1. とても言葉では言い表せないと言っています。

2. 民宿に泊まって地元（屋久島）の海の幸、山の幸を使った料理が楽しめます。

チャレンジ！　2　p.195

1. 大切に思い、誇りにしています。

2. 雨を降らせる力があって、名古屋の町を火事などの災害から守ると言われています。

チャレンジ！　4　p.196

1. 喫煙ルームを利用します。

2. いいえ、満席なので変えることはできません。

使ってみよう やってみよう　2　p.200　Ⓐ43

皆さん、こんにちは。フレペの滝散策コースにご参加いただきありがとうございます。私、知床自然ガイドの山川と申します。これからコースのご説明をさせていただきます。このコースでは約2時間の散策をお楽しみいただけます。見どころは何といっても、川がないのに滝が流れるフレペの滝です。崖を流れる水はまるで涙のように見えます。そして、

動物との出合いもあるかもしれません。

　いくつかのご注意を申し上げます。この辺りは急に天気が変わる場合があります。皆さん、レインコートなどはお持ちでしょうか。歩道は滑りやすいので、足元にお気を付けください。また、クマが出ることがありますので、お１人にならないようにお気を付けください。途中にトイレはございませんので、こちらでお済ませください。では10分後にお集まりください。

知って楽しむ　p.207

１．鉄道で行くのんびりした旅です。

２．途中で電車を何度も乗り降りできるだけではなく、観光施設を割引で利用することもできるからです。

索引
さくいん

【凡例】
・本書に出てきた語を五十音順にしています。
・原則として固有名詞は取り上げていません。また、非常に専門的と判断した言葉の中には取り上げていないものもあります。
・語の横の数字は、何課のどこに出てきたかを示します。
・複数回出てくる語は初出の課のみ示しています。
・「話」は「話してみよう！」、「知」は「知って楽しむ」を表します。

223

な

A

シラバス一覧
いちらん

課 タイトル	行動目標		できること	学習項目
1 新たな出会い	新しい環境に自分から挑戦して、その環境で印象的に自己紹介することができる。	1 見つけた！	興味のあるお知らせの情報を読み取ることができる。	1 ～において／～における 2 ～上（で） 3 ～てほしい／～てもらいたい イベントのお知らせでよく見ることば
		2 こんなときどうする？	参加するイベントの内容を話して友達を誘うことができる。	よね 1 ～とか～とか 2 ～だけ／～だけの 3 ～だけ～だけど 友達を誘うときに使う表現
		3 耳でキャッチ	天気予報を聞き取って自分の行動を決めることができる。	1 ～でしょう／～だろう 2 ～から／～にかけて 3 ～と、A／V 天気予報でよく聞くことば・表現
		4 伝えてみよう	覚えてもらえるように印象的に自己紹介することができる。	1 ～がきっかけで 2 ～っぽい 3 ～でも（極端な例） 自己紹介で使える表現 性格を表すことば
		知って楽しむ	おしゃべりのきっかけ	

課 タイトル	行動目標		できること	学習項目
2. 楽しい食事・上手な買い物	周りからいろいろな情報を得たり、自分の希望を伝えたりして、満足のいく食事や買い物をすることができる。	1 耳でキャッチ	レストランの紹介を聞いて、お得な情報を得ることができる。	1 ～ている 2 ～によって（さまざまだ） 3 ～うちに 4 ～わりに 飲食店のメニューの特徴を紹介するときに使われる表現
		2 こんなときどうする？	友達に希望を聞いて、お薦めの情報と情報の探し方を紹介することができる。	1 ～（が）いいんじゃない 2 ～ようになっている お得な情報を勧めるときに使える表現
		3 見つけた！	看板やポスターを見て、どんな内容が書いてあるか理解して情報を得ることができる。	1 ～に限り 2 ～こそ／～からこそ 3 ～につき セールのチラシや看板でよく使われることば
		4 こんなときどうする？	店の人に希望を伝えて依頼することができる。	1 ～ということだ 2 ～でしょうか 店の人にやわらかく希望を伝えるときに使える表現
		5 伝えてみよう	買い物についての経験談を周りの人と共有し、自分の買い物に役立てることができる。	1 ～はずだ 2 ～向け 経験したときの気持ちを伝える表現
		知って楽しむ	食べたいものはあきらめない	

課／タイトル	行動目標	できること	学習項目
3 時間を生かす	これからの自分にとって有意義な過ごし方を考えて、周りの人と生活の工夫や時間の使い方などの情報をやりとりすることができる。	1 見つけた!	時間の使い方について書かれた雑誌の記事を読んで、情報を得ることができる。	1 ～はずがない 2 ～なんて(驚き) 3 (～ば)～ほど 4 ～でも(例示) 時間の使い方に関係があることば 時間の使い方や大切さを表すことわざ
		2 耳でキャッチ	生活のリズムについて友達の話を聞いて、どんな人と暮らしをしているか知ることができる。	1 こんな～／そんな～／あんな～／どんな～ 2 ～ふうに 3 ～ことで 生活のリズムのためにしている工夫について話すときの表現
		3 伝えてみよう	今の時間を将来の目標を実現するための時間として、どのように活用しているか周りの人と共有することができる。	なあ 1 2 ～ことがある／～こともある 3 ～にとって 将来のことを考えて準備していることを伝える表現
		4 こんなときどうする?	日本の生活を充実させるために、何かしているんから情報を得ることができる。	1 ～ことだし 2 ～てくれない?／～てくれる? 3 ～じゃない?／～んじゃない? 自分がほしいことについての情報を友達にもらうときの表現
		知って楽しむ	効率アップ! 時間管理法	

課 タイトル	行動目標		できること	学習項目
		1 耳でキャッチ	施設を利用するのにわからないことがあった とき、職員の説明を聞き取ることができる。	1 お・ご〜です/お・ご〜でしょう 2 〜場合 3 〜ないことには〜ない 施設の利用方法の説明で使われることば・表現
		2 こんなとき どうする？	困っていることを管理人に説明し、解決して もらえるように頼むことができる。	1 〜たいことがあるんですが 2 〜（よ）うとする 3 〜みたいなんですが/〜ようなんですが 4 〜ていただきたいんですが 言い出しにくいことを言うときの表現
4 地域を知って生活 する	地域の暮らしに必要な情報 を得て、快適な生活を送る ことができる。	3 見つけた！	地域にある施設の利用案内を読んで情報を得 ることができる。	1 〜には 2 〜にかかわらず/〜にかかわりなく 3 〜次第 施設の利用案内でよく見ることば
		4 伝えてみよう	よく利用する施設の様子や特徴（便利な点、設備 …）などについて紹介することができる。	1 〜途中（で）/〜途中（に） 2 〜を〜として 施設のように紹介するときの表現
		5 耳でキャッチ	電話で道順をメモしながら行き方を知ること ができる。	1 〜を背にして 2 〜に沿って/〜に沿う/〜に沿った 道を案内するときに使うことば
		知って楽しむ	公共の施設を上手に使おう	

課 タイトル	行動目標		できること	学習項目
5 緊急事態！	予期しないことが起きたとき、状況を理解して適切な行動を取ることができる。また、緊急の事態が起こって経験したことについて話すことができる。	1 耳でキャッチ	地震や台風などの速報を聞いたとき、必要な情報を得ることができる。	1　～によって／～により／～による（原因） 2　～おそれがある 地震や台風などの速報でよく使われることば
		2 こんなときどうする？	約束の時間に間に合わないとき、状況を説明して指示を受けることができる。	1　～そうにないんですが 2　　　　とか（で） 交通機関が止まっている状況を説明するときの表現
		3 こんなときどうする？	けがをしたときの状況と今の状態を説明することができる。	1　～てしまったようなんです 2　～たところへ／～たところに／～たところを 3　～について 事故の状況とけがの説明をするときのことば・表現
		4 見つけた！	避難の際の注意事項を読んで、情報を得ることができる。	1　～ものだ／～ものではない（当然） 2　～とおり（に）／～どおり（に） 3　～際 4　～こと（指示） 災害時の避難に関係があることば・表現
		5 伝えてみよう	緊急の事態が起こって経験したことを周りの人と共有することができる。	1　～まま 2　～だらけ けがや急病に関係があることば・表現
		知って楽しむ	防災公園を知っていますか	

課 タイトル	行動目標		できること	学習項目
6 地図を広げる	ふるさとや住んだことがある場所の地理や気候に合わせた生活を紹介して、お互いの理解を深めることができる。	1 見つけた!	説明を読んで、日本の地理や町の様子、気候について知ることができる。	1 ～に囲まれている/～に囲まれた 2 (～が)～を占める/～が占める 3 ～がち 4 ～に比べて(て) 地形や町の様子、気候を説明するときの表現
		2 耳でキャッチ	説明を聞いて、気候に合わせた建物の特徴を知ることができる。	1 ～に備えて 2 ～に代わって/～に代わり 工夫を加えて作られている建物について説明するときのことば・表現
		3 こんなときどうする?	気候が合わなくて体調を崩した友達の話を聞いて、アドバイスすることができる。	1 ～のような/～のように(例示) 2 ～として 3 ～に限る 友達の体調に合わせてアドバイスするときの表現
		4 見つけた!	説明を読んで、町の特徴や歴史などについて知ることができる。	1 ～を中心に(して)/～を中心として 2 ～をはじめ(として)/～をはじめとする 3 ～を通して/～を通じて 4 ～ことから 町の特徴や歴史を説明するときのことば・表現
		5 伝えてみよう	国・ふるさとの地形や気候を利用した名物や風物詩を紹介することができる。	1 ～といえば/～といった 地形や気候を利用した名物や、特産物などについて説明するときの表現
		知って楽しむ	夏を快適に過ごす	

課 タイトル	行動目標		できること	学習項目
7 世代を超えた交流	異なる背景を持つ人々との交流を通して自分の視野を広げることができる。	1 見つけた!	新しい活動に参加する前に参加者の体験談を読んで、活動の内容や様子についての情報を得ることができる。	1 ～どころではない／～どころじゃない 2 ～たところ 3 ～ことになった 4 ～限り／～限りは 活動に参加する前とあとでの気持ちの変化を表すときの表現
		2 こんなときどうする?	相手の都合や好みを考えながら、自分が興味を持って参加するイベントに誘うことができる。	1 ～かなと思って 2 ～にしては 3 ～につき 相手の都合や好みを考えて丁寧に誘うときの表現
		3 耳でキャッチ	世代や性別で違いがある話し方を聞いて理解することができる。	1 ～もんだ／～ものだ 2 ～ながら（も） 3 ～につけ（て） 4 ～さえ 自分や相手を呼ぶときのことば
		4 伝えてみよう	出会った人々との交流について話すことができる。	1 ～に反して（て）／～に反する／～に反した 2 ～うちに 3 ～からして 交流の体験を述べることに使うことば・表現
		知って楽しむ	いつから友達言葉にしたらいい?	

課／タイトル	行動目標		できること	学習項目
8 気持ちを伝える	場面に応じて自分の気持ちをうまく伝えたり、相手の気持ちを受け止めたりして、周りの人と気持ちよくコミュニケーションを取ることができる。	1 こんなときどうする？	理由を話して、相手に丁寧に許可を求めることができる。	1 ～のことなんですが 2 ～（さ）せていただけませんか 3 ～ものですから／～ものだから／～ので 4 ～の代わりに／～に代わって 目上の人に丁寧に許可を求めるときに使う表現
		2 見つけた！	メッセージの伝え方について知って、自分の生活に生かすことができる。	1 ～おかげで／～おかげだ 気持ちを伝える挨拶表現
		3 耳でキャッチ	相手の愚痴を聞いて気持ちを理解することができる。	1 ～くせに 2 ～せいで／～せいか／～せいだ 3 ～にまっている 4 ～（さ）せる（誘発） 愚痴を言うときの表現
		4 こんなときどうする？	メールを読んで、送った人の励ましの気持ちを理解することができる。	1 ～ことはない 2 ～のことになると／～のこととなると 3 ～にしたら／～にすれば／～にしてみたら／～にしてみれば 友達を慰めるときの表現
		5 伝えてみよう	気持ちの伝え方について自分の考えを理由とともに述べることができる。	1 ～たびに 2 ～ば／～なら（ば）／～たら、～たのに 自分の考えを理由と一緒に言うときに使う表現
		知って楽しむ	包む	

課 タイトル	行動目標		できること	学習項目
9 言葉を楽しむ	日本語の豊かな表現を知って、自分の国のよく似た表現と比べたり、紹介したり、周りの人としくコミュニケーションを取りながら楽しむことができる。	1 見つけた!	詩を味わうために、その詩について書かれた感想を読んで、詩について知ることができる。	1　～がたい 2　～ように(同様) 3　～とともに(変化) 4　～をもとに(して)/～をもとにした 作品の感想を述べるときの表現
		2 耳でキャッチ	語呂合わせの説明を聞いて、言葉のおもしろさを知ることができる。	1　～でしょう?/～だろう?(確認) 2　～っけ 3　～というわけだ/～わけだ 理解を確認しながら、友達に説明するときに使う表現
		3 こんなときどうする?	擬音語や擬態語を知って、日本語の表現のおもしろさを知ることができる。	1　～っこない 2　～もん/～んだもん 気持ちを表す擬音語・擬態語
		4 伝えてみよう	日本語を使う楽しさや難しさについて、経験をもとに話すことができる。	1　～ほど/～くらい/～ぐらい 2　～どころだった 3　～てたまらない 外国語を使ったときの楽しさや難しさを伝えること ば
		5 耳でキャッチ	日常生活の中で耳にした日本語に関する質問をしたとき、その答えを聞いて理解することができる。	1　～わけではない/～というわけではない 2　～くらい/～ぐらい 生活の中で耳にする日本語について説明するときに 使われることば
		知って楽しむ	[あれっ、なんか変]	

課 タイトル	行動目標		できること	学習項目
10 日本を旅する	旅先でいろいろな情報を得て、楽しく快適に旅行することができる。また、旅の思い出を共有することができる。	1 見つけた!	自分の興味に合ったツアーを選ぶために旅行についてのパンフレットを読むことができる。	1 ～といったら 2 とても～ない 3 ～はもちろん／～はもとより 観光地の特徴について説明するときに使われる表現
		2 耳でキャッチ	ガイドの説明を聞いて、見どころや注意を理解することができる。	1 ～(さ)せていただきます 2 ご～お～いたします 観光ガイドの説明でよく使われる表現
		3 こんなときどうする?	場所や状況を思い出しながら電話で忘れ物の問い合わせをすることができる。	1 ～つもりだ 2 ～ように思う 電話で忘れ物の問い合わせをするときの表現
		4 耳でキャッチ	車内放送を聞いて情報を得ることができる。	1 ～ております 2 ～かねます 車内アナウンスでよく聞くことば・表現
		5 伝えてみよう	心に残った旅行について周りの人に紹介することができる。	1 ～ことに(は) 2 ～だけあって／～だけのことはある 3 ～について 旅行の思い出を紹介するときに使うことば・表現
		知って楽しむ	鉄道の旅をしよう!	

写真提供（本文中記載以外）

社団法人 松島観光協会	p.193	松島
日光東照宮社務所	p.193	日光東照宮（三猿）、p.198　日光東照宮（陽明門）
名古屋城総合事務所	p.193	名古屋城
道後温泉事務所	p.193	道後温泉本館
田中美帆	p.193、194	屋久杉（縄文杉）
社団法人 屋久島観光協会	p.194	白谷雲水峡

「できる日本語　中級」

嶋田和子　監修／できる日本語教材開発プロジェクト・山口知才子・高見彩子・澤田尚美・小川道子

日下倫子・酒井祥子・永田晶子・西川幸人・林英子・森節子　著

"DEKIRU NIHONGO CHUKYU"

supervised by Kazuko Shimada,written by Dekiru Nihongo Kyozai Kaihatsu Project,

Chisako Yamaguti, Saiko Takami, Naomi Sawada, Michiko Ogawa, Tomoko Kusaka, Syoko Sakai, Akiko Nagata,

Sachito Nishikawa, Eiko Hayashi, Setsuko Mori

本書原名—「できる日本語　中級 」

會！日本語 中階 1
（本書附 CD 1 片：Audio CD）

2020 年（民 109）6 月 15 日 第 1 版 第 1 刷 發行
2022 年（民 111）1 月 15 日 第 1 版 第 2 刷 發行

定價　新台幣 680 元整

著　者	できる日本語教材開発プロジェクト	
	山口知才子・高見彩子・澤田尚美・小川道子	
	日下倫子・酒井祥子・永田晶子・西川幸人	
	林英子・森節子	
監　修	嶋田和子	
授　權	株式会社アルク	
發 行 人	林 駿 煌	
封面設計	林 芸 安	
發 行 所	大新書局	
地　址	台北市大安區 (106) 瑞安街 256 巷 16 號	
電　話	(02)2707-3232・2707-3838・2755-2468	
傳　真	(02)2701-1633・郵 政 劃 撥：00173901	
法律顧問	統領法律事務所	

香港地區　大新書局（香港）有限公司

地　址　香港新界荃灣橫窩仔街 28 號利興強中心 16 樓 C 室

電　話　(852)2571-3556

傳　真　(852)3753-5911

山に囲まれた所
　　　かこ
　はたけ
　　畑

ほっぺた落ちる